Fanny Buitrago

SEÑORA DE LA MIEL

Fanny Buitrago

SEÑORA DE LA MIEL

HarperLibros
Una rama de HarperPerennial
Una división de HarperCollins*Publishers*

Este libro fue impreso originalmente en Colombia por Arango Editores en el año 1993.

Primera edición HarperLibros, 1996.

Library of Congress Cataloging-in-Publication Data

Buitrago, Fanny.
Señora de la miel / Fanny Buitrago. — 1. ed. HarperLibros.
p. cm. — (Narrativa colombiana)
ISBN 0-06-095159-1
I. Title. II. Series: Narrativa colombiana (Arango Editores)
PQ8180.12.U4S45 1996 863—dc20 95-44610

---

96 97 98 99 00 RRD 10 9 8 7 6 5 4 3 2 1

A Enrique Grau
durante el mismo viaje

Antojos

Fue como un delicioso antojo de mujer encinta. De pronto Teodora Vencejos deseó retornar a su pueblo, a su gente, a los brazos calenturientos del marido. Y en su memoria comenzaron a insinuarse aromas a sábanas almidonadas, cuerpos entrelazados, agua florida. Nísperos en sazón y ciruelas de Castilla. Los simples, conocidos aromas de su vida. Quería viajar enseguida. Ojalá a final del mes. Sin que las bonificaciones acordadas con su jefe, el doctor Manuel Amiel, pudiesen atajarla. Quería sorprender bonitamente a don Galaor Ucrós, su marido; a Demetria y Esmaracola, sus hijas. Le urgía regresar así, de pronto, sin gastar tiempo y dinero en telegramas o conferencias telefónicas.

—No es necesario que la familia vaya a recibirme al aeropuerto. No soy coja ni manca. Bien puedo tomar un taxi— dijo, mientras sus dedos largos y bien formados amasaban harina perfumada con vainilla y raspadura de limón.

—Grave error— el doctor Amiel meneó la cabeza mirándola risueño. Bailaban chispitas maliciosas entre sus ojos leonados. —Tal idea es altamente inconveniente, mi querida Teodora.

—Una auténtica sorpresa— ella formaba las nalgas gordezuelas de un amorcito de tamaño natural, sin dispensar mayor atención a las palabras de Amiel. —Será carnaval en octubre, porque la fiesta durará hasta la madrugada. ¡Feliz bienvenida! Ya imagino a mis vecinos entra y sale de la casa. A don Galaor, mi marido, con su mejor sonrisa. A Esmaracola y Demetria vestidas como princesas. Y baile, música y canciones.

—No me parece.

Amiel, al extremo del mesón, preparaba el plato fuerte de una cena especial. Los ingredientes, sabiamente distribuídos, formaban una ninfa voluptuosa y descarada cuyos senos eran dos tinajos rellenos de langostinos y ostras al vino que, a no dudarlo, serían devorados con las almejas del sexo y las axilas, y las papas al ajillo que formaban el cuerpo deseable y los medallones de ternera y caviar que aureolarían el magnífico rostro. Los invitados a la despedida de soltero de un editor de literatura feminista se comerían hasta la última migaja.

—¿Por qué "no le parece"?— reclamó ella. —A mí me gusta hacerles caso a mis intuiciones. Y se me dio así, un delicioso antojito.

El doctor Manuel Amiel, jefe amable y considerado, se relamió el mostacho con gesto de indudable preocupación. Gesto captado por Teodora años atrás, en la frontera entre Berlín Occidental y Berlín Oriental, cuando la policía lo había detenido en posesión de un cargamento de bragas y condones perfumados, comestibles, de alto valor proteínico... ¡se salvaron por casualidad! El jefe del resguardo quería conquistar a una teniente esquiva que odiaba la ropa interior del lado oriental y, casualmente, sufría un principio de anemia.

Los negocios del doctor Amiel no se limitaban a los manjares estimulantes. Como todos los genios financieros él descubría constantemente nuevos filones en su profesión.

—Lo que está en orden, está en orden— dijo él— No hay que mover la rutina de su engranaje. Son los maridos que llegan un día antes de lo acordado los que descubren a la mujer en la cama con el frutero o el flaco empleado del bar. Pero, si se sigue un orden...

Ella no le permitió continuar. Sacó el pecho mirándolo a los ojos.

—Tengo confianza en mi marido don Galaor Ucrós. Es un hombre nuevo y sincero. Me prometió cambiar y así lo hizo. No tengo queja de él.

Amiel, quien había viajado a París en su primera juventud a estudiar leyes y finanzas —para dirigir los negocios familiares— donde sucumbió a los encantos de una bella pinche de cocina y terminó él mismo de cocinero, contempló a Teodora tristemente. Era un caso perdido..., tonta como ella sola. El también se aprovechaba de su inocencia y nitidez.

—¡Si dejaras a ese hombre..!, ya lo sabes, me casaría contigo sin pensarlo dos veces. Tú eres la perfección misma y la única mujer que me eleva a la verdadera inspiración creativa. La curva hecha mujer. El cilindro, la esfera y el cono. Y la piel más tibia del mundo.

Teodora se concentró en su trabajo. Ruborizada, a pesar de haber escuchado una y mil veces el exagerado elogio de sus senos y curvatura posterior, con lujosos detalles. Midió la distancia con la mano derecha, guiñó un ojo y modeló el pimpollo delantero que adornaba al festivo amorcito. Duro, rosado, con una guinda en el extremo. Estaba destinado a la joven y sofisticada esposa de un armador, quien lamía detalles azucarados ante los ojos del marido estragado —treinta años mayor— para obligarle a izar el pistolón adormilado por un aburrido matrimonio anterior.

—¡Inspiración!— aulló Amiel— es lo único que necesita un artista. Verdadera inspiración.

—Por mí, tiene carta blanca. Siga adelante… ¡inspírese! Tóqueme si quiere. Ya sabe, he rebajado muchos kilos para gustar a don Galaor. Y también en aras del arte. Siga…, siga…, bien pueda.

Teodora abrió las piernas, desnuda bajo el blusón de trabajo, mientras el doctor Amiel avanzaba hacia ella, le palpaba los muslos y se arrodillaba a sus pies con las manos anhelantes.

—No me explico cómo te hiciste cargo de semejante elefante blanco —él hablaba bajo la falda—. Apuesto a que ese tonto hermoso de Galaor Ucrós no da la talla a una real hembra como tú. ¿A que tengo razón?

Teodora consideró innecesario responder a preguntas ociosas. Tanto el doctor Manuel Amiel como los demás habitantes de su propio pueblo lo sabían todo acerca de ella. Todo y más. Cómo y cuándo había recibido aquel maravilloso encargo. Aquella tarea única. Cuidar del joven Galaor, evitarle cuidados, estar junto a él. Amarlo sin ninguna medida.

Tan absorta estaba en sus recuerdos que ni siquiera sentía las manos y labios de Manuel Amiel bebiéndole los jugos de la vida.

La Herencia

Cuando doña Ramonita Céspedes de Ucrós se estaba muriendo, llamó a su ahijada y le encomendó a Galaor, su único hijo.

—Cuida de él, muchacha, pues se queda solo en el mundo. Lo entrego en tus manos. Es un hijo inmejorable y hermoso, como no hay otro igual. ¡Cuida de él! ¿Me lo prometes?

—Sí, madrina— Teodora aguantó un sollozo, aferrada a las barandas de la cama.

Tendida sobre los almohadones y sábanas perfumadas con verbena, doña Ramonita lamió sus labios resecos y aspiró el aire fresco que entraba por la ventana entreabierta. Aún le restaban fuerzas y apartó a Teodora de un codazo.

—Eso sí, mucho cuidado con aspirar a más. Ni lo mires como a un hombre. No. Es intocable. Imagínatelo como el cura, el rey de Roma o San Miguel Arcángel. Te está prohibido. Ayúdale a buscar una buena esposa, de posibilidades económicas, con apellidos sin mácula y muchas virtudes: casera y hacendosa.

—Lo que usted diga, madrina.

Como Teodora lloriqueaba a moco tendido y por si acaso, doña Ramonita enumeró a las únicas mujeres que podrían interesar a Galaor. Las señoritas Barraza, las Del Rosal, las Baquero y las Arantza, excelentes partidos. Con casas en el pueblo y haciendas en tierras ganaderas.

—¿Comprendes?

—Sí, madrina.

Después de entregar a su ahijada la libreta de ahorros, las llaves de la casa, la partida de bautismo de Galaor y un paquete de acciones textiles, recomendó:

—Ahijada, y no creas en las carantoñas del Nene. Es bueno como el flan dulce, pero digno hijo del padre. Le gustan demasiado las polleras. Tiene mucha habilidad para tocar traseros y ningún don con los números y las cuentas. Manténlo a distancia. ¡Que no te caliente los oídos y menos la cuca!

—Madrina...— se escandalizó Teodora.

—¡Manténlo lejos de las mujeres malas!

—Sí, madrina.

Finalmente la dama indicó a Teodora un escondrijo secreto, bajo las baldosas del comedor, en donde guardaba el cofre de sus joyas. Setenta prendas de oro, plata, jade y platino, con sus rubíes y topacios y esmeraldas y aguamarinas. Destinadas a la esposa legítima de Galaor Ucrós.

—Así te mueras de hambre. No tocarás ni arete ni cadena, ¿me lo prometes? Te enseñé mi oficio. Sabes trabajar.

También hizo jurar a Teodora que apartaría a Galaor de la juerga y el despelote, el American Bar, los billares, el póker y esas mujeres que son muchísimo peores que las malas. Teodora, que por largo rato sólo había dicho "Madrina —sí, madrina —no, madrina", sintióse en la obligación de preguntar:

—¿Cuáles?

—Las de medio pelo. Esas que piden casa y máquina de coser, sin velos, ni fiesta, ni bendición. Esas que llenan de hijos a un solo hombre, espantan a sus novias y exigen matrimonio a la hora de nona. Unas veces para no morir en pecado, otras a nombre de sus párvulos sin apellido... ¡Aleja de ellas a mi Galaor!

—Como usted ordene.

—Gracias, ahijada. Ahora moriré tranquila.

Entonces doña Ramonita Céspedes de Ucrós recibió al cura párroco, don Imeldo Villamarín. Confesó sus pecados en voz queda, recibió los santos óleos y se preparó a morir en brazos de su amado retoño. En paz, sonriente, con la certeza de volar derechito al cielo. Pero Galaor estaba emborrachándose de antemano en el American Bar, dedicado a lloriquear y autocompadecerse. Y Teodora Vencejos recibió enternecida las últimas palabras de su madrina Ucrós:

—Con velorio o sin velorio— le dijo —a mi muchacho le sirves una buena comida, y caliente. El a la mesa y tú a la cocina. ¡Ah, recuerda! Galaor no debe entrar ni en tu cama, ni en tu cuca. Es un caballero que nació para la música, el arte, la belleza.

Vanas recomendaciones.

Teodora estaba tan triste y atareada que no pudo consolar ni vigilar a Galaor. Como el entierro, el velorio y las visitas demandaban todo su tiempo, no advirtió al exagerado número de muchachas que revoloteaba cerca del joven Ucrós desde que el féretro de doña Ramonita entró en la nave principal de la iglesia. Estaban las señoritas Arantza, las Barraza, las Baquero y Del Rosal. Todas en las primeras bancas y abrumadas por los sollozos. Atrás, junto a la pila del agua bendita y el nicho donde San Antonio cargaba al niño Jesús, se reunían las mujeres señaladas por la difunta como de medio pelo. Afuera, en el atrio, con las mantillas ocultando sus rostros y fieramente enlutadas, paseaban con disimulo dos falsas sobrinas de Leocadia Payares, una mamasanta célebre por sus nalgas monumentales (solaz de prohombres, militares y contabilistas) medio acaudalada, quien manejaba una casa con pésima reputación por los alrededores del ferrocarril.

El entierro y el novenario se vieron muy concurridos. ¿Cómo notar solamente a las mujeres? Teodora se levantaba al amanecer a cumplir con sus obligaciones. Doña Ramonita le había enseñado su arte. Pastelerías, heladerías y restaurantes de la ciudad compraban sus pudines con frutas, sus galletas de ajonjolí, los rollitos con queso, pasas y miel, los suspiros de crema batida.

Tal cual si viviese su madrina, a quien ayudaba desde que tuvo uso de razón y quien a lo último no trabajaba. En la mañana, preparaba tres ollas de arroz con pollo o camarones, batía el chocolate acostumbrado en los velorios, arreglaba la casa, alimentaba a Galaor y disponía su ropa. Al atardecer, con su dolor y traje y medias negras, atendía a los visitantes que llegaban en romería. A comer y beber y decir chistes y hablar bellezas de la difunta.

En medio de la sala, sentado junto al piano vertical, Galaor Ucrós recibía los pésames, vestido de lino crudo y zapatos combinados. Lívido, apuesto, ojeroso. Con un aire distante que literalmente subyugaba a las muchachas casaderas... ¡y eran muchas! A las señoritas recomendadas por Ramona Céspedes de Ucrós se sumaban otras de pueblos vecinos y de ciudades distantes. Todas-todas con inmensos deseos de consolar al huérfano y consolarse ellas mismas.

Así, noche tras noche, durante el novenario.

Diez, doce, quince muchachas en botón. Inclusive las Barraza, las Del Rosal, las Baquero y las Arantza. Lanzándose miradas furibundas por encima del arroz con pollo o camarones, el chocolate espumoso, los vasitos de ponche y ron blanco.

—¡Cuánta belleza!... y yo tan solito— murmuraba hipócrita Galaor, a todas y cada una por igual —¡Cuán triste estoy!

... Y ellas empeñadas en cumplir sus antojos, llenar su vaso, rozar las delicadas manos.

Los suspiros, carreritas, meneos de caderas y senos, caldeaban de tal manera el ambiente que el velorio no llegaba más allá de la media noche. Las parejas se miraban maliciosas, suspendían la chismografía, los cuentos en voz baja, el enumerar las virtudes de la finada Ramonita, y salían sin despedirse. En el aire perfumado por los tamarindos y matarratones flotaban ayes y ronroneos.

—No puedo más. ¡Rápido!

Al amanecer —según decían el cura, el sacristán, los agentes viajeros y las viejas desveladas— el pueblo era sacudido por insólitos temblores. Gemidos, respiraciones acezantes, chasquidos ¡ay, auxilio!, besos, carcajadas, mordiscos. La temperatura rebasaba los treinta grados y sobre los techos las gatas contenían el aliento aunque estuviesen en celo. De patio a patio los perros babeaban sin emitir ni un ladrido.

¡Pobrecitas muchachas!. Caminaban sonámbulas o tenían pesadillas o soñaban con la escopeta del mismísimo diablo o se frotaban con hielo las entrepiernas o si la pepita central exigía imposibles, estallaban en llanto.

Teodora Vencejos caía rendida hacia la una y solía despertar al canto del gallo. Ni durante el novenario, ni después, sufrió de ardores o transportes amorosos. Tampoco notó nada extraño a su alrededor. Por supuesto, le llamaba la atención en la calle y el vecindario, la proliferación de mujeres lozanas, satisfechas... ¿qué importaba…? Tenía tantos y tantos sueños atrasados que solamente la visita de Clavel Quintanilla logró despertarla cabalmente.

Tú y yo

Tendido en el piso de la cocina, el doctor Manuel Amiel contempló en los tobillos de Teodora Vencejos la dimensión del fracaso. Ni sus besos, ni sus manos ardientes, ni la pasión sin límites tenían el poder de conmoverla. Tuvo pena de sí mismo. Era un artista, sí. Un artista enamorado de una estatua y lejos del afortunado Pigmalión. Su Galatea no era mármol, tampoco yeso o hierro fundido, sino la belleza convertida en carne.

—¿Todavía no me respondes?— el doctor Amiel se incorporó con dignidad, alisándose la línea que sobresalía entre sus pantalones —¿Por qué te haces la sorda? ¿Qué viste en Galaor Ucrós? Eso, quiero saber.

—Se lo he dicho mil veces, doctor.

—Quiero saber— Amiel le envió un beso aéreo para aliviar su nueva derrota. Un beso que ella pretendió ignorar.

—Ese es mi destino— Teodora sonrió beatífica. Imaginaba los próximos días, semanas, quizá meses —¿Cómo puedo renunciar a mi Galaor? Es un hombre muy hermoso. Y además me quiere.

—Es un vago completo. Y quiere tu trabajo.

Teodora permaneció en silencio. Amiel colocaba, una a una, lonchitas de cangrejos en las uñas ovaladas de la ninfa. Inquirió:

—¿Y piensas darle una sorpresa?

—Así es.

—Yo, de tí, me aguantaría el antojo de viajar. Apenas faltan dos meses para las fiestas decembrinas. ¡Aguanta! No te metas en honduras. Es mejor que la vida siga su curso normal.

El amorcito, con una ceja arqueada y los labios curvados en una carantoña, les miraba desvergonzadamente. Era dulce, aromático; estaba relleno de pasas y frutas confitadas. Teodora envidió a la mujer a quien estaba destinado y le acarició una nalga.

—Ya compré mi pasaje.

—Puedes cancelarlo.

—He rebajado quince kilos. A Galaor le encantará mi nuevo aspecto. Su debilidad son las mujeres esbeltas. Además, voy a comprar ropa elegante y a cambiarme de peinado.

El doctor Amiel la miró asombrado, como si no hubiese asistido al año de sacrificios y horrores que Teodora quiso soportar para darse el lujo de comprar vestidos de talla diez.

—Robusta o flaca, eres siempre un delicioso bocadillo. Lo que sucede es que a tu marido solamente le interesan las mujeres de la cintura hacia abajo y los hornillos para freir bananas maduras en mantequilla...

Teodora no exclamó «¡Oh, doctor Amiel!», ni «¡Calle esa boca, doctor!», escandalizada, como hacía otras veces. Estaba radiante por los kilos rebajados y el viaje pendiente. Tenía cita para el sábado en una peluquería de Narváez con la Plaza Dalí. Quería rizos alados, nuca destapada y un mechón platinado. Le daría una sorpresa a Galaor.

Amiel interrumpió bruscamente su embeleso:

—Trastocar lo establecido siempre es peligroso. Te lo anticipo... ¡vas al desastre! —y recordó: —el orden es aparente y no está en la naturaleza humana. Si insistes en viajar a Colombia, informa a tu familia. Al menos con dos semanas de anticipación.

Con el pincelito, Teodora avivó las mejillas coloradas del querubín y le salpicó chispitas doradas en las pupilas. Con lo cual bizqueaba más insolente y desvergonzado.

—¿Qué puede suceder?, don Galaor es un hotelero serio. Hace mucho se cansó de las faldas y la corrompiciña. Sólo mira por mis ojos y vive para mis cartas. Mis hijas me lo han dicho.

—Tus hijastras, querida Teodora.

—Como si fuesen hijas mías.

—Celebro que no lo sean— Amiel le dirigió una mirada suave, húmeda, que a su pesar Teodora sintió en cada poro de la piel.

—Cambiemos de tema, por favor— Teodora hurtó el rostro a la mirada del doctor. Este, después de probar una salsa de apio y tomillo, acomodaba a la ninfa entre un follaje de aceitunas y lechugas, relamiéndose el negro bigote.

E ignoró su petición olímpicamente.

—Vamos por partes, mi tesoro...— dijo, en el tono doctoral que utilizaba para dictar sus charlas y seminarios sobre *Cocina Sensorial* y *Nutrientes, Delicias* o *Afrodisíacos...:* —tus hijastras serían unas descastadas si no te quisieran. Viven a tus costillas.

—¡Doctor..!

—Don Galaor Ucrós quizá es un hombre serio, ajeno a la vagabundería... ¡quizá!. Sin embargo, el hotel no deja mucho dinero. Apenas si cubre los gastos familiares. Tú sigues trabajando como una mula. Y en cuanto a «¿qué puede suceder?...» yo de ti haría memoria. Recordaría a una tal Clavel Quintanilla, y a otras féminas de...

—¡Cállese doctor!

—...féminas de apellidos elegantes o dudosa ortografía.

Herida en lo más vivo, Teodora desató el delantal blanquísimo y almidonado ligeramente por la antigua nana de un marqués, dueña de una lavandería especializada, a la altura de la calle Maiquez con Jorge Juan. Desnuda caminó entre los mesones del salón-repostería y se dirigió al vestidor. De allí salió a la media hora, ajustándose un cinturón rojo sobre el sencillo vestido negro.

—Regresaré en la tarde, para atender su clase de las cinco. Ahora voy al gimnasio.

El doctor Amiel, con los anteojos sobre la punta de la nariz, fue hacia ella con pasos deliberadamente lentos. Gatuno, sopló en su oído y, suave, muy suavamente terminó de envenenar sus sentimientos:

—Un día tú y yo haremos realmente el amor. Minuto a minuto, hora tras hora, noche a noche. Nos estamos acercando al momento de la verdad. No falta mucho... Y recuerda, tu futuro soy yo. Tu destino soy yo. No ese pasmarote de Galaor Ucrós... No olvides que yo tengo fe. La fe nunca traiciona.

—Respete, doctor.

—Un día te voy a florear la pepita. Y vas a sentir mi pala hasta la garganta.

Teodora abandonó la estancia sin responder a su verdugo y descendió las escaleras del edificio saltando de dos en dos. Estaba demasiado nerviosa para esperar el ascensor. Tenía la piel erizada. Las encías resecas. ¡Un exquisito e intenso dolor estaba quemándola por debajo de la falda! ¡Qué estupideces decía el doctor Amiel! Era un hombre muy extraño. Tan educado, galante y odioso a la vez.

—Eso sí— recreó en voz alta —como don Galaor Ucrós Céspedes no hay otro. Ese es mi único hombre. ¡Todo un macho!

El doctor corrió hacia la ventana abierta y gritó a todo pulmón:

—Un día, tú y yo seremos como Pablo y Virginia, Catalina y Heathcliff, Titania y Oberón, Venus y Adonis, Amadís y Oriana, Tristán e Isolda. Nos amaremos como se amaron Romeo y Julieta, Simón y Manuela, Napoleón y Josefina, Orfeo y Eurídice, Wagner y Cósima, Salomón y Balkys, Chirín y Cosroes. Arderemos como David y Bethsabé, Orlando y Angélica, Abelardo y Eloisa, Hernán y Marina, Rafael y Soledad... un día viviremos la incontenible pasión de Scarlet y Rhet, Juan Domingo y Evita, Albert y Mileva, Richard y Liz, Goyo y Valentina, Arturo y Alicia, Papageno y Papagena. Yo te lo garantizo.

Sí sí sí ¡Que sí!

Clavel Quintanilla fue la última visita de pésame. Llegó un domingo hacia el crepúsculo, cuando Galaor se acicalaba para asistir a una misa por el alma de su madre, que ofrecían las señoritas Arantza. Doña Ramonita cumplía seis meses de muerta.

Teodora jabonaba las camisas blancas de Galaor, los interiores de franela, los pañuelos primorosamente marcados con sus iniciales. Cuando abrió la puerta tenía las manos mojadas y un delantal plástico sobre el traje dominguero. Clavel la tomó por una criada. Sin molestarse en saludar y con aire altanero preguntó:

—¿Se encuentra Galaor? Soy su nueva vecina, Clavel Quintanilla. Vine a darle mi pésame.

Teodora estaba tan cansada que al responder ahogó dos bostezos. Circunstancia aprovechada por la desconocida para entrar en la casa moviéndose como palmera al viento. Iba enlutada, sin maquillaje; parecía que doña Ramonita le dolía entrañablemente. Sus ojos, dilatados, hervían en un intenso fulgor que Teodora confundió con llanto contenido. No advirtió la seda negra pegada a las curvas pronunciadas, ni el escote realzando los senos rotundos, ni sospechó del aroma a verbena que impregnaba los largos cabellos ensortijados. Tenía un cerro de ropa en el lavadero, debía amasar diez pudines de ciruelas. Sin embargo, creyó en las palabras de Galaor cuando él, con el rostro transido por el sufrimiento, le dijo:

—Mejor, asiste tú a la misa en mi representación. No me siento muy bien. Y no quiero llorar en público la falta de mi madre.

Teodora no alcanzó a cruzar el dintel cuando ya la puerta estaba cerrándose con cerrojos y trancas. Una pasión electrizante chorreaba por las rendijas mientras Galaor Ucrós y Clavel Quintanilla se miraban y palpaban ansiosos, enervados, a punto de echar chispas. Porque aquello fue una encamada a primera vista. Sin flechazo, sin preámbulos, sin guiños o mañitas.

En la iglesia, Teodora seguía como en el limbo. Entre gestos desdeñosos, leves torcidas de labios, finas cejas arqueadas. Ofendidas, las elegantes señoritas Arantza no le brindaron ni un saludo. Y ella, con su trajecito blanco y negro, misal y rosario, zapatos a medio tacón, se arrodilló devota, humilde, en la última banca. Alcanzó a susurrar «En el nombre del Padre y del Hijo...» al ritmo del celebrante, y aspiró el aroma de los lirios, la mirra del sahumerio, el vaho a colonia y naftalina que fluía de enaguas y mantillas.

—¡Señorita Vencejos!

El cura párroco, don Imeldo Villamarín, tuvo que remecerla a conciencia terminada la misa. Teodora, inmóvil, con la espalda doblada, dormía profundamente.

—Brille para mi madrina la luz perpetua...—musitó al reconocer al sacerdote.

—Doña Ramona Céspedes de Ucrós tiene un sitio en el purgatorio —sentenció don Imeldo—. Allí no hay luz perpetua, brillos o auroras boreales.

—Dios no lo permita— se persignó Teodora.

—Tiene que pagar las vilezas cometidas contigo.

—...¿Conmigo? Fue una buena madrina. Me crió, y vio por mí muchos años.

—Yo, de ti, visitaría al notario público. El tiene documentos y bienes que te pertenecen ¡y hala! ¡Fuera de aquí!. Es hora de cerrar. Los curas también necesitamos reposo. Y tú, hija mía... ¿es que no duermes por la noche?

—Hay tanto qué hacer...—. Teodora inclinó la cabeza. —Galaor exige muchos cuidados y yo soy responsable de él. Mi madrina así lo dispuso.

—No eres responsable de nada— sermoneó don Imeldo. —¡Sal de esa casa enseguida! Para luego es muy tarde.

También dijo muchas otras cosas. Habló del respeto, la verdad, el libre albedrío. Pero Teodora aún tenía que hacer masa de hojaldre, preparar almíbar de cerezas, batir merengones. Dormiría un rato si le quedaba tiempo.

De regreso, ya había olvidado el «¡sal de esa casa!» dicho por el sacerdote. Lo consideraba un viejo gruñón a quien le gustaba meterse en vidas ajenas. ¿Y cómo abandonar al joven Galaor? Ni más faltaba. Era su herencia. Con lo tierno, indefenso y hermoso que... Le bastaba pensar en él para sentirse leve, seráfica, con los pensamientos azulados. En cambio, cuando tropezaba con un tal Manuel Amiel, estudiante en París, punzadas extrañas recorrían su columna vertebral. Manos quemantes estrujaban el centro de sí misma. Claro que todo ello era un secreto. Teodora no osaba siquiera admitir tales deliquios sensoriales.

Afortunadamente, Manuel Amiel venía al pueblo sólamente en vacaciones.

Absorta en sus pensamientos, Teodora ignoró las miradas masculinas y requiebros que surgían a su paso. Prepararía la cena de Galaor antes de continuar con sus labores. El lunes sería un duro día de trabajo. Ella también merecía un bocadito.

Oa,
Sin moverme,
sin reirme,
sin hablar,
media vuelta...

Así cantaba Peruchito, el hijo de Argenis, la tendera, mientras lanzaba su pelota contra una paredilla.

—¡*Vuelta entera*!— el niño giró sobre sus talones, tomó la pelota entre sus manos sucias y se quedó mirando a Teodora con la boca abierta.

—Hola, Peruchito.

—¡Mamá...! ¡Corre, mamá.!.— gritó asustado. Aquí está la niña Teodora.

Doña Argenis salió de la tienda risueña, sofocada, alisándose la falda. Sus labios eran un floripondio rojo hinchado a punta de besuqueos y mordisquitos. Tras ella iba Rufino, el marido, un jayanote colorado y de manos enormes, subiéndose disimuladamente la cremallera de los pantalones.

—Niña Teodora...

Teodora era buena clienta de la tienda. Argenis y Rufino la estimaban. Amable, considerada, no pedía nada al fiado. Tampoco intentaba marcharse sin pagar como hacían muchas otras.

—Haga el favor— dijo Rufino, —entre, tómese un roncito con nosotros.

—Un fresco, si quiere— Argenis se arreglaba el cabello desordenado.

—Gracias, pero tengo prisa.

—Insisto— Rufino miró preocupado a su mujer.

—No puedo.

—No vaya, niña Teodora— Peruchito le agarró la falda de otomana negra, con ribetes blancos, como si fuese a columpiarse en ella.

—¿No ir? ¿A dónde?— en su prisa, Teodora dio un mal paso, torció los zapatos de medio tacón y cayó en el pavimento descascarado.

Allí, tendida, los codos castigados por diminutas piedras, sintió mil alfilerazos en la nuca. Y escalofríos fuertes, dolorosos, al incorporarse con trabajo. Era una muchacha gruesa, de grandes miembros, pero se dejó guiar hacia el interior de la tienda por el amable Peruchito. Y, sentada junto al mostrador y frente a la puerta abierta, comenzó a vislumbrar la verdad. Sobre los olores que invadían sus fosas nasales, cerveza, salchichón, afrecho, café, reptaban extraños e imperceptibles efluvios procedentes de la misma calle.

Todas las casas a lo largo, de norte a sur, tenían las puertas cerradas. El aire estaba lleno de ahogados balbuceos, cálidos roces, jadeos empapados en voluptuosidad, y un traqueteo de muelles, tablas entrechocándose, bisagras a punto de saltar, barandas y espaldares chirreantes. En la brisa nocturna los efluvios se entremezclaban, leves, empalagosos; perfume y almizcle de cuerpos excitados; aroma a sábanas revueltas, cabellos ácidos.

Visillos, ventanas, cortinajes, persianas, danzaban al compás de tanto meneo. Los tenderos, Rufino y Argenis, enormes y robustos, como manatíes al sol, intercambiaban golpes cariñosos y delicados pellizcos, esperando a que Teodora abriera los ojos, aceptase un ron, y decidiera visitar a sus amigas. ¿Pero es que Teodora tenía amigas? Ellos lo ignoraban. Doña Ramonita la había criado tan corta de riendas que la pobre muchacha apenas si había salido de la cocina y cursado la escuela primaria.

Peruchito que seguía en sus juegos,
Oa,
sin hablar,
remolino, torbellino,
media vuelta, ¡vuelta entera!
de repente, hostigado por los vagidos, risas siseos, bufidos y acentos estrafalarios que escapaban por los resquicios de las puertas, lanzó su pelota al interior de la tienda y se acercó a Teodora a punto del llanto. Sin saber por qué, sentía mucha pena por ella y temía al cambio sufrido en su calle, iniciado en casa de Galaor Ucrós, desde la primera noche del velorio. El pueblo tenía viaraza, todo salía mal, hasta la misa de las elegantes señoritas Arantza. Doña Argenis, su mamá, había ordenado:

—No permitas que Teodora se acerque a esa casa, Peruchito...— y dijo a su marido: —don Galaor y la Quintanilla ni siquiera están casados como Dios manda. ¡Vergüenza tendría que darles!

—Vámos.. Vámos— moqueó Peruchito — Esta noche hay fuegos artificiales. Castillos y buques de pólvora. ¡Vámos! Mañana también es fiesta y papá me ha dado permiso.

El niño abrazó sus piernas y gritó y gritó con tanta fuerza, su carita distorsionada por los ruegos, que Teodora no quiso contrariarlo. Peruchito tenía prisa y, atarantado, equivocó el camino. En lugar de tomar la dirección de la plaza corrió hacia la esquina de donde surgían los sonidos estrafalarios y otros fuegos no artificiales.

Teodora lo siguió como una sonámbula. Torpe, con el traje lleno de polvo y el estómago vacío, se detuvo como una avispa atrapada en una artesa con melado, bajo las ventanas que parecían mecerse.

Se quedó allí, prendida de las rejas, escuchando los estremecimientos, balbuceos, ruegos, el estruendo de la carne y los sonidos del éxtasis,

—¡Galaoooorrrr...!!! ¡Asíí así sísí sí sí qué sí!— como el reo inocente que asiste a su propia ejecución, mientras el niño, agarrado a sus piernas y trasero, decía:

—Han estado jugando a quién sabe qué toda la tarde. Don Galaor y su visita. También en la casa de al lado, y al frente, y al diagonal. ¿Será policías y ladrones? ¿O al gritar y no contestar? Quién sabe a qué. En todo caso, dale que te dale... ¿y a qué?

El chico

El que otros cuidaran de ella constituía un lujo extremo, inusual, que un año atrás (y quince kilos sobrantes) Teodora nunca hubiese disfrutado. Sin embargo, en su madurez, se estaba aficionando a los mimos y ratos de ocio. Especialmente a las manos privilegiadas del masajista del doctor Amiel. Se llamaba Ingo Svenson, y en sus días libres jugaba a ser mozo de cuadra. Olía a establo, linimento para torceduras, menta y tabaco. Poseía unas manos sombreadas de vello rubio, anchas y potentes, que Teodora sentía en todos los recovecos de su cuerpo. Manos que palpaban, golpeaban, rotaban, moldeándola tramo a tramo como si fuese una muñeca de arcilla o manteca fresca.

El masaje suplía las caricias que ella tanto anhelaba. Y Teodora acudía a todas sus fuerzas mentales para no abandonarse a la voluptuosidad, a la gloria de gozar como ninguna otra mujer lo había hecho jamás sobre la tierra. Pues el masajista era un valido del doctor, y durante todas las sesiones hablaba de Amiel sin darse un respiro. Era su ídolo particular, porque lo había salvado de la soledad eterna y convertido en su modelo masculino estrella.

Ingo, un masajista hijo de masajista, había sido un niño normal hasta los catorce años, cuando su miembro comenzó a crecer desmesuradamente. A los veinticinco ninguna mujer lo soportaba y su "chico" era el terror de todas las prostitutas de Estocolmo y Amsterdam, que huían del muchacho como de la peste. Amiel, que escuchó hablar del joven sueco y del problema que convertía su vida en un infierno, recordó la existencia de una amiga suya, compañera de su primer año como estudiante de leyes en París, una rubia cuarentona que había comenzado a fifar desde los trece años y jamás, con hombre ninguno, pudo lograr un viaje hacia el fondo de la carne o arrebatarse en cánticos de gozo.

La rubia Griselda recibió al desmesurado "chico", y por primera vez en su vida corrió sin frenos por los caminos del fuego y despertó con sus alaridos a doscientos huéspedes de un hotel.

Desde entonces, envanecido, Ingo posaba desnudo para el doctor Amiel. El "chico" era un cono apretado y con venitas azules, que latía a ritmo propio y enseñaba, en la cúspide, una manzana de tono coral que arrebataba a la rubia Griselda y la llenaba de un orgullo sin límites. Ingo y su "chico" la rejuvenecían, y ella, ajena a los celos, lamentaba que otras mujeres no pudiesen disfrutar aquel maravilloso fenómeno que tan a gusto recibía entre su parvulario.

Teodora, pues, conocía muy bien al "chico" por haberlo amasado muchísimas veces y adornado con él tortas de crema y bizcochos de frutas. Y aunque imaginaba que los fuertes dedos de Ingo Svenson tenían diminutos labios en sus yemas, a veces aceptaba que el objeto recorriera todo su cuerpo del talón al occipucio porque su calor borraba neuralgias y dolores de espalda. Y, total, ¿no era un instrumento de trabajo? Sentirlo le comunicaba un intenso bienestar; y la terapia hubiese sido perfecta a no ser por la insistencia de Ingo al recordar constantemente a su benefactor, sorprendiéndola con técnicas de masaje ideadas por el doctor Amiel.

—De parte del gran jefe— anunciaba al colocarle el "niño" encima del ombligo para golpearle el vientre.

Si ella se quejaba, al ser masajeada entre los muslos, Ingo colocaba su mole entre ellos y, disculpándose, decía:

—No soy el doctor, ni puedo entrar. Tú, chica, pierdes tu tiempo. El doctor puede besarte las margaritas y hacerte pulpa el centro de azúcar cande...— y muy orgulloso de su perfecto español, comentaba. —Me ha dicho el doctor que te lo diga.

Teodora sentía al "chico" latir sobre su cuello y se esforzaba porque su memoria reflejase el hermoso rostro de su dueño y señor, su herencia y legítimo esposo, don Galaor Ucrós. El único hombre a quien podría aceptar en sus desquiciados anhelos. Ay, la mente es traicionera. Al cerrar los párpados el rostro ancho, fuerte y saludable del doctor Manuel Amiel se le imponía entre guiños y comentarios altamente inconvenientes... ¡el muy perdulario! Ni en el sueño, ni en el trabajo, ni durante las sesiones del masaje, sus palabras dulzonas, malintencionadas, la dejaban en paz.

—Tú eres una mujer hecha para el amor. No mereces como marido a un zoquete con la verga loca.

—Más respeto, doctor— respondía ella, cuando tenía ánimos para protestar.

Menos mal, era una mujer sensata. Siempre en su lugar. Esposa. Madre. Jamás osaría traicionar a su esposo con un hombre sin Dios ni ley ¡ni más faltaba! El doctor Amiel no sólo manejaba toda clase de negocios equívocos. Teodora había descubierto, por casualidad y al abrir una carta, que además intentaba corromper países como China y Polonia, donde las parejas aún conservaban ciertos pudores. Quería invadir el mercado negro con pantaloncitos de seda con letreros de *¡Tómame! ¡Soy tuya!, ¡Sopla! ¡Bébeme!* y medias transparentes adornadas con flechas y corazoncitos nacarados, sujetadores de colores iridiscentes. Artículos aparentemente inofensivos que, al ser besados (según decía el folleto a todo lujo) y comidos, pues se podían comer, tenían sabores a whisky, vodka, marihuana, coca, y producían efectos similares. Y así, otras vagabunderías cuyos nombres Teodora no se atrevía ni a repetir.

Mientras escuchaba el tronar de sus propios huesos y cartílagos, y sentía deshacerse la grasa depositada en corvas, tobillos, espalda y cintura, luchaba por evocar el rostro blanco, sonrosado de Galaor; con sus maravillosos ojos azulados, la nariz perfecta, las cejas ligeramente pelirrojas, esa perilla amelada y su cabello y el bigotito a lo artista de cine, vellón dorado que tanto enloquecieran —en otros tiempos— a numerosas muchachas. ¡Y nada! el recuerdo se negaba a convertirse en imagen. El rostro burlón del doctor Amiel le ganaba siempre a la memoria. Don Galaor Ucrós huía como si perteneciese a un tiempo ido. Un tiempo olvidado. Como si después de haber terminado con las otras mujeres, su reflejo fuese tan inasible como un espíritu puro.

La voz de Ingo la sobresaltó. Emocionado, olvidó su correcto español y mezclándole un dejo andaluz, dijo muy satisfecho:

—Tú, casi la mujer perfecta. Tú, la bella. E Ingo está orgulloso de tí.

otras veces bandearse entre nombres. También, no se atrevía a [illegible].

Mientras esperaba el freno de sus pies y los hueses y sus dientes, [illegible]. Hacerse la gruesa lo postada en [illegible] mundo, [illegible] y [illegible] la había por la boca el mismo [illegible] de Camor, con sus [illegible] más [illegible], la [illegible] que [illegible] por [illegible] esa pupila [illegible] su [illegible] y el [illegible] lo artista de [illegible] que [illegible] [illegible] —en otros tiempos— [illegible] las [illegible]. [illegible] se [illegible] tiene consideración. [illegible] del doctor Ámiel lo [illegible] siempre a [illegible]. [illegible] como [illegible] a [illegible] [illegible] tiempo olvidado. Como si [illegible] haber [illegible] con la [illegible], aunque [illegible] fuese tan [illegible] en espíritu puro.

La voz de [illegible] la [illegible]. [illegible], [illegible] y [illegible] de un [illegible] que muy satisfecho.

—[illegible] la [illegible]. [illegible] esta [illegible].

Gallina ciega

Tanto la puerta principal como la del patio tenían pesados cerrojos. Teodora se cansó de golpear. Estuvo el resto de la noche sentada en el pretil del frente, atemorizada por los quejidos, jadeos, ayayayayes y gritos desaforados que emergían de la casa y corrían a lo largo de la calle como luces de bengala, petardos y volcanes de pólvora. Era una noche calurosa. Los mosquitos zumbaban bajo los pálidos reflejos del plenilunio.

Teodora, hambrienta y desconcertada, apenas si había tomado un fresco de tamarindo obsequiado por Peruchito. El niño la acompañó hasta la medianoche; conmovido por su tristeza y porque su casa también estaba cerrada. Cariñoso, locuaz, saltaba junto a los barrotes entorchados de la ventana e intentaba escudriñar las sombras y asomarse a la misteriosa rochela que tanto apasionaba a don Galaor Ucrós y a la Quintanilla.

—Siguen en quién sabe qué...— concluyó entre bostezos—. Quizá juegan a la gallina ciega o a las escondidas... ¿y qué gracia tiene? Yo tengo sueño—, y se marchó a los brincos, en pata sola, desilusionado de los juegos a obscuras.

Teodora estaba tan cansada que durmió apoyada en el quicio de la puerta. Las piernas encogidas, el misal sobre el regazo. Ninguna de sus vecinas le ofreció posada. Las matronas para no avergonzarla. Las señoras porque estaban desde temprano encamadas con sus maridos. Las solteronas —en bien de las costumbres sanas— decididas a ignorar aquel infausto asunto de sábanas, muslos, ayes vulgares. A las jovencitas ni se les ocurría pensar en Teodora, tan ocupadas estaban llorando a moco tendido la traición del bello Galaor. Y las mujeres malas, odiadas por Ramonita Céspedes de Ucrós, se torcían de la risa con tanto alboroto.

Hacia el amanecer, Alí Sufyan, el turco del almacén, que no tenía mujer y no había cerrado un ojo en toda la noche, la despertó solícito:

—Un cofecito para bu. Con ban caliento. Usted una mochachona bella y barfecta. Como no hay tres.

El café le supo a gloria. El pan caliente, el queso salado, los huevos revueltos, a paraíso. Le dolía todo el cuerpo. Tenía urgentes deseos de hacer chichí, pero la casa seguía cerrada... ¿y cómo solicitar al turco tal favor?

Alí Sufyan suspiraba por Teodora, sin esperanzas, porque tenía que ser digno de su fe y casarse con una muchacha enraizada en la tierra de sus mayores. Sería hermosa, fiel, creyente.

Virgen entre las vírgenes. Atenta, callada, sumisa. ¡La esperaba! y ya tenía construída una casa para recibirla. Poseía también un almacén, cierto capital y hasta ropa de cama gringa.

—Yo echar puerta abajo si bu quiere —ofreció— Bu merece todas mis consideraciones y respetas.

Teodora no permitió semejante arbitrariedad. ¡Ni más faltaba! Como si el joven Galaor no tuviese derecho a hacer su real gana. Quizá el dolor, o la ausencia de doña Ramonita (quien lo malcrió con mimos y tiquismiquis) resultaban demasiado para él. Y la visita de Clavel Quintanilla le causaba trastornos inexplicables. De tal naturaleza, que Teodora no se atrevía a censurar.

Así, durante una semana, Teodora Vencejos anduvo del timbo al tambo por el pueblo de Real del Marqués. Dormía en casa de Hada Reales, empleada del American Bar. Tomaba a regañadientes los alimentos en la fonda de la negra Visitación Palomino; lavaba su ropa por las noches, un día sí y otro no. Si llovía, se vestía con trajes prestados por doña Argenis, o por Roseta, una aprendiz de modista, y con interiores fiados en el almacén del turco. Alí Sufyan, que en realidad era árabe, la invitaba a tomar café y estaba feliz con la situación. Con ojos húmedos, sonrisa abierta y la entrepierna sospechosamente hinchada, hablaba de Teodora a las clientes que iban a comprar hilos, botones, piezas de percal ¡Ninguna como ella! aseveraba en su español mascado y musical. Teodora, sin duda, pertenecía al grupo de mujeres perfectas designadas por el Korán. Como Asya bint Muzahim, mujer del faraón; Khadija, bienaventurada esposa de Mahoma; y Kulthum, la hermana de Moisés. A María, madre de Jesús, jamás la nombraba. Por temor a malos entendidos.

Las clientas no conocían la existencia del Korán, ni sabían nada de Mahoma. Sólo querían averiguar cuántos pares de bragas y sujetadores había comprado Teodora. Si eran franela, algodón sanforizado, nailon, o... ¡lo insólito! seda natural.

Lourdes Olea, empleada del mostrador, contó despreciativa que Teodora había escogido los géneros más baratongos. Franela blanca y lila, sin flores o lunarcitos, con lo cual las remotas sospechas sobre una relación pecaminosa entre la ahijada de doña Ramonita y Galaor Ucrós quedaban conjuradas.

Lourdes, quien en unos carnavales, silenciosa y encapuchada, bailó tres noches seguidas con Galaor, aprovechó una salida del turco Alí Sufyan para informar a la curiosa clientela femenina

—Seda natural, ¿Teodora Vencejos? ¿nailon? ¡Ni por ahí! La pobre tiene nalgas tamboreras. Usa talla grande y jamás se ha contoneado entre letines. ¡Gas! ¡Fooo! El nene Ucrós no se atrevería a tocar semejante pedazo de tocino.

Entre envidiosa y malhumorada contó que Clavel Quintanilla encarnaba el verdadero peligro. Había encargado al turco ropa negra, de seda, con delicados encajes, ropa muy breve, que únicamente vendían en Bogotá, Maicao o la isla de San Gregorio. Interiores que ninguna mujer honesta enseñaría al propio marido.

—¡Ropa de pelandusca!— aseguró.

Mientras tanto, y a pesar de los consejos de Roseta y los ruegos de doña Argenis, quienes aprendían a quererla, Teodora exponía cada tarde la reputación sentándose en el pretil de su propia casa. Allí esperaba a que se abrieran las puertas, atabanada por los zancudos, hasta que Peruchito le traía un fresco de guanábana, mango o tamarindo. Un pretexto para acompañarla, después, a casa de Roseta. Bien entrada la noche.

—¡...pobrecita...! ¡citica..!— murmuraban las vecinas al verla pasar —Tan simplona.

Daba grima ver a Teodora con los trajes prestados que le venían grandes si pertenecían a la monumental doña Argenis o demasiado ceñidos si a la esgalamida Roseta. En ambos casos la gente torcía cuellos y espaldas para mirarla. ¡Ah, los hombres! A ellos se les izaban los banderines.

No hacían comentarios al respecto. No. La mayoría eran personas sin mayor ilustración. Albañiles, pescadores, campesinos, zapateros. Y a ninguno se le ocurría dar un mal paso. ¡ni por asomo! Echaban mano de sus mujeres y las llevaban en volandas a la cama. Después, por si o por no, el tema obligado se enredaba entre las sábanas. Y las preguntas las iniciaban ellos. Por ejemplo, ¿cómo había logrado Teodora, niña langaruta, ojerosa y lombricienta, convertirse en una muchacha tan hermosota? ¿cómo? Todo el pueblo sabía que doña Ramonita Céspedes Ucrós q.e.p.d. la alimentaba con arroz blanco, yuca cocida, ñame y café negro, sirviéndole carne mechada, costilla con el sancocho y pescado frito, únicamente los domingos y en fiestas de guardar. Mientras Galaor comía caldos de palomo, extracto de hígado, gallina y carne de ternera, huevos de tortuga e iguana, mariscos, quesos importados, ubres, sesos, chicharrones y corazón.

Pero, la sustancia depositada en el sancocho y el pescado frito realizaron maravillas en Teodora Vencejos. Así lo estimó don Rufino Cervera al encontrarla con las rodillas juntas y las manos temblorosas, sentada en el quicio de la tristeza y el desconsuelo. La mirada vaga, el traje de algodón amarillo que pertenecía a su mujer, Argenis, formando bolsas en las caderas y pegado a los senos. Había llovido y Teodora no tuvo fuerzas, ni quiso apartarse de aquella casa donde continuaba encerrado el joven encomendado a su cuidado por una moribunda.

—¡Es el colmo!— estalló don Rufino, quien estaba nervioso de tanto fifar.

¿Cómo apartar a la muchacha de allí? Nadie, nadie, ni siquiera doña Argenis era capaz de hablarle con la verdad. El padre Imeldo Villamarín se negaba a mezclarse en un asunto tan equívoco. ¿Y cómo decirle a Teodora que Galaor y Clavel tenían para rato? La verdad podría matarla. Durante el día, cuando ella cumplía sus compromisos y amasaba pudines y alfajores y polvorones y galletas griegas, en patios y cocinas prestados, la pareja acudía a los oficios de Asisclo Alandete, un muchachito que vivía de hacer mandados. A él le encargaban pedir en la fonda de la negra Visitación Palomino la comida diaria. Ella, famosa por sus bistecs de cerdo con cebollas, el mondongo, los sancochos de sábalo y carne salada, experta en carabañolas, arroz con coco y fritanga, se esmeraba en atender a la pareja. De la tienda de doña Argenis hacían traer cerveza, vinos espumosos, butifarras, salchichón. Sin escatimar los dulces esponjosos o almibarados que Asisclo Alandete le compraba a la misma Teodora, supuestamente para el alcalde o las maestras del liceo.

Como don Rufino sabía que a excepción de los dulces y pastelitos todo era al fiado ¿y quién se atrevía a decir "no" a don Galaor Ucrós? comenzó a escamarse, a pensar que la encerrona de la pareja pasaba de castaño a oscuro. Si no pagaban las deudas adquiridas lo haría la pobre Teodora, honrada a cual más e incapaz de negarle nada al hijo de la madrina. ¿Qué hacer?

—Se acabó...!! —dijo enojado— ¡Esta vaina se acabó! Y sólamente el doctor Amiel puede ayudarme.

Madrid Madrid

Calmada por los buenos oficios de Ingo Svenson, y las propiedades terapéuticas del "chico", Teodora Vencejos tomó una ducha prolongada, caliente y fría. Alegre, se vistió con rapidez y salió a la plaza Dalí. Cruzó hacia Goya bajo el radiante otoño madrileño —cuyo azul añil recordaba los cielos del Caribe— vivaz en su traje negro con cinturón rojo. Sentíase flotar sin los kilos de menos, a la espera de la próxima felicidad.

Aún tenía muchos regalos que comprar. Vestidos para Esmaracola y Demetria. Camisas a tono con el apuesto Galaor. Turrones, dulces de membrillo y piñón desconocidos en su pueblo, Real del Marqués. Iba a recorrer los grandes almacenes, Galerías, El Corte Inglés, de arriba abajo. Además de los obsequios finos quería encontrar gangas, moños y detallitos para sus amigos y vecinos, y un misal con cantos dorados para el padre Imeldo Villamarín.

No eran las vacaciones que soñara durante años. Ni se acercaban a sus planes. Pero, mucho mejor que continuar tanto tiempo lejos de la familia. ¡demasiado! La separación ajustaba cuatro navidades.

El año anterior Teodora había gastado todos sus ahorros en planear unas vacaciones fastuosas. Pasajes, cheques viajeros, dólares en efectivo, marcos y pesetas. Toda una fortuna robada a Galaor en el aeropuerto de Soledad cuando la familia se preparaba a abordar una nave de Avianca que los conduciría a Madrid, con escala en Bogotá y Puerto Rico. ¡Pobre marido! A pesar de su belleza y elegantes maneras parecía condenado a vivir en aquel pueblo de la costa atlántica colombiana. Como si las invisibles puertas de salida estuviesen tapiadas para él. Y pobres niñas, Esmaracola y Demetria, sus niñas. Suyas, así calcaran al doble el rostro de Clavel Quintanilla, esa mala mujer que tanto amargara su primera juventud.

Teodora se contempló en una lujosa vitrina donde brillaban dijes y gargantillas, ópalos y diamantes; trajes de noche recamados con tornasoladas lentejuelas. Con su inesperado talle esbelto, su trasero gracioso y en alto, el cabello que descendía renegrido por sus espaldas en una trenza-espina-de-bacalao.

—Guapa...!!— la silbó un fornido madrileño que salía del bar con tres copas de Sol y Sombra cosquilleándole aún en el gaznate.

—Dame para un bocadillo... ¡un bocadillo!— pidió un muchacho de grandes y extraviados ojos de menta.

Teodora le dió cien pesetas mientras el fornido madrileño la contemplaba absorto y estremecido por súbitos corrientazos entre sus ingles.

—Si, muy guapa— aceptó el muchacho.

Ella se dirigió a una caseta de la Once, para saber si el número trescientos sesenta y nueve había ganado. El ciego encargado de la lotería sonrió al reconocer su olor y dijo, una vez más, que la gente de malas en el juego atrae el amor. Teodora prosiguió su camino entre la gente, seguida por el muchacho -ojos-de-menta y el fornido madrileño. Parejas jóvenes que entraban o salían de las cervecerías, ellas todavía con faldas y cabellos cortos. Esposas que empujaban cochecitos de bebé y carros de la compra, el pan de la cena, bajo los brazos. Ejecutivos con maletines obscuros y trajes elegantes. Matrimonios que discutían a todo vapor. Turistas embelesados con el fabuloso e iluminado Madrid. Madrid.

Teodora quiso esquivar a dos gitanas que vendían abalorios en la boca del metro. Una era alta, de senos hinchados y un rostro moreno y espléndido. La otra, pequeña, labrada por estriadas arrugas, fumaba un tabaco negro. Ambas vestían de rojo, malva, amarillo.

—Ehhhh...tú—, chilló la vieja mirándola con ojos de halcón —Enséñame tu mano.

—Tengo prisa. Será otro día.

—Es por tu suerte, guapa— dijo la gitana joven.

—¡Dejadla en paz..!— el muchacho del bocadillo y las cien pesetas defendió a Teodora.

—¡Voy de prisa!

—¿Quién eres tú?— preguntó atajándola el fornido madrileño... —¿Quién?— y en un gesto impulsivo le rozó los pechos. —Dime..., ¿puedo tocarte?

Teodora no sabía qué hacer, ni hacia dónde mirar. La gitana joven aprovechó para tomarle la mano derecha y la vieja pudo mirar las líneas profundas, mientras hundía sus dedos engarfiados sobre el airoso monte de venus.

—¿Puedo tocarte? Sólamente un segundo...— y, sin esperar respuesta, el hombre acarició delicadamente los senos de Teodora. —Hace meses que no le hago un polvo a mi mujer. Hoy mismo, si tú quieres, serán las mil y unas noches...

Ella no encontraba palabras ni movimientos para huir del inesperado asedio. El muchacho había retrocedido ante la reacción de las gitanas.

—Tócame el vientre. Tócame el vientre que no logro parir: ¡Tócamelo!

—Señora de la miel...— la vieja se inclinaba con el respeto debido a una reina —Eres el amor y la fertilidad misma. Permite que bese tus manos y te diga... ¡tócame a mí también! y ya no me dolerán tanto los huesos.

—¡Aquí! ¡aquí! Coloca las manos sobre mi polla, señora de la miel...— rogaba arrebatado el hombre fornido.

Teodora tocó el vientre de la gitana, la bragueta y miembro del madrileño, los huesos de la vieja y los ojos extraviados del muchacho que no había pedido nada. Como empezaba a reunirse muchísima gente alrededor, salió corriendo en dirección de la calle Serrano, donde el doctor le indicara a un modisto de manos hábiles y exquisito gusto. A sus oídos llegaban los gritos jubilosos del madrileño.

—¡Esta noche voy a echarle el mejor polvo del mundo a mi mujer...!— y solapadamente, tras los gritos, la voz insidiosa de su jefe, dijo:

—Madrid no es una ciudad andrógina como muchas otras. Madrid es una entidad masculina y comienza con M de macho. Por sus barrios y calles circula la leche de la vida.

Madrid, al parecer, estaba en connivencia con Manuel Amiel. Y fanfarroneaba como un amante celoso y posesivo, dispuesto a envolverla, marearla, para impedir su partida. Ciudad o entidad macho, tampoco se saldría con la suya. Por encima del doctor, de lo sucedido en la calle Goya; los homenajes de las gitanas, el muchacho mendigo y el hombre que deseaba llevar al paraíso a su mujer, quería viajar, ¡no aguantaba el antojo! y la gana del marido alborotaba los hombres a su paso. Además, era preciso tranquilizar a su paloma, una torcaza negra y rosa, según descripción del doctor. Una torcaza que chillaba y pedía auxilio y, total, estaba en su derecho de ser consentida y mimada. Pertenecía a la señora Teodora Vencejos de Ucrós, casada con todas las de la ley.

No. No. Ni el mismo Madrid-Macho le impediría refugiarse en los brazos de Galaor Ucrós. Tampoco las palabras de doña Ramonita en su lecho de muerte.

—Mucho cuidado con aspirar a más. Ni lo mires como hombre. Es intocable.

No, no. Esas y otras palabras no la mortificaban demasiado. El mismo cura párroco de Real del Marqués, don Imeldo, la libró del juramento hecho a su madrina. En ocasión memorable y feliz que atesoraba en su corazón, así como había olvidado los años infaustos que precedieron a tan dichoso día.

—¡Ea..! ¡tú..! mueve el culo— Una muchacha con facha de baladista histérica, el cabello rojo encendido y las cejas rapadas, estuvo a punto de atropellarla con un automóvil color orquídea.

—¡Guapa!! tronó una recia voz masculina— ¡Muy guapa! —Teodora corrió hacia el edificio donde funcionaba el salón de modas. Le hubiese gustado caminar un rato por Serrano, bajo la tibieza del otoño. Y defender esos kilos que la transformaron en una mujer realmente hermosa. Quería un traje espectacular.

—¡Guapa!

Su torcaza negra y rosácea piaba bajo la falda ceñida. Teodora, aburrida, reconoció la voz del doctor Amiel que la había seguido.

—Tú, tranquila...— dijo él, al cruzar la elegante puerta vidriera—, ya casi, ya casi. No falta mucho. Tranquila.

—Pío pío— chilló la condenada pajarita.

Maripipis

El doctor Amiel había escuchado el ronroneo de las murmuraciones y consejas maliciosas que agobiaban la atmósfera de Real del Marqués desde la muerte de Ramonita Ucrós. Su opinión, sobre la difunta, era la misma de don Imeldo Villamarín, compartida por numerosos habitantes del pueblo. A saber: no tenía perdón de Dios. El purgatorio resultaba un leve castigo para su despotismo, crueldad y avaricia. ¡Ojalá ardiera en los mismísimos infiernos!

Así, pues, cuando las señoritas Laffaurie solicitaron ayuda, Amiel ya estaba alerta. Tenía los ojos colocados en Teodora Vencejos desde su retorno al país y su silueta le aceleraba el pulso. Y, para verla, menudeaba las visitas a sus tías, que vivían en una casona repleta de muebles antiguos, santos barrocos, óleos coloniales y retratos del amado sobrino.

Primas segundas de doña Ramonita, de igual alcurnia, las tres hermanas nunca tuvieron maridos perdularios o amantes secretos. Cuidaban con igual celo los apellidos, las propiedades, las inversiones y la grata memoria de Diosdado Ucrós. Eran diabéticas, de costumbres frugales, pero consideradas, generosas e inteligentes. En vida de su prima le compraron religiosamente dulces y pasteles. Querían ayudarla en su abandono, soledad y pobreza.

A Ramonita Ucrós el marido la acompañó tanto tiempo como su herencia. Diosdado Ucrós resolvió emigrar un mes después de haberse terminado el dinero, ante la disyuntiva de convertirse en un pordiosero o en el auxiliar de su mujer.

—O me ayudas a vender dulces y pasteles, o... ¡te largas como viniste! Con una mano adelante y otra atrás.

Diosdado Ucrós se había casado con una rica heredera y no con una repostera sin título. Soltero codiciado y buen mozo, claudicó engañado por la palabrería de Ramonita, quien lo mareó hablándole de la fortuna ilimitada de la familia De Céspedes.

—¿Y si me niego?

—Ja... Ja.. —se burló ella— ¿Quién te aceptaría por tu linda cara? Ya no eres el mismo de hace unos años. Ninguna muchacha dará un centavo por tí... ¡Casado y pobretón!

La lengua perdió a Ramonita. Diosdado Ucrós, quien hubiese podido desposar a cualquier muchacha de su tiempo y -por turnos- había cortejado a las más bellas, tuvo un rapto de inspiración. Con la ropa que tenía puesta fue a solicitar posada en casa de las señoritas Laffaurie. Y unido a ellas permaneció, durante quince años, dedicado a jugar a las damas, al dominó, canasta y veintiuna, mientras paladeaba un buen ron baccardí o un vodka señorero. En sus borracheras solía rodar de una cama a otra, pero sin malicia o malos pensamientos, sin comentar nada al día siguiente, ni dar motivo de celos a ninguna de las hermanas. Eran todas para él, y él para todas, tanto en el seno del hogar, como en los meses de vacaciones. En una relación perfecta que a nadie escandalizaba después del primer año, con excepción de la abandonada Ramonita Ucrós (nacida De Céspedes).

Tal relación llevó a las señoritas Laffaurie a enviar al joven Amiel a Europa, y a comprarle un apartamento de soltero en Barranquilla, apenas adolescente, cuando otros muchachos aún seguían pegados a las faldas de sus madres, tías hermanas y madrinas.

Sobrino agradecido, el doctor acudió al reclamo de sus benefactoras. Las venerables damas estaban fascinadas con la agitación de don Rufino Cervera y también molestas por el agrio vaho del sexo que fluía de la casa —en un tiempo honesta y feliz— de su difunta prima Ramonita Ucrós.

—¿Qué diría Diosdado si viviera?— La pregunta inquietaba a las enlutadas señoritas.

Para complacerlas, el doctor Amiel pidió la ayuda de doña Argenis y de la negra Visitación Palomino, para que cesasen los envíos de comistrajos y bebidas a don Galaor y a la tal Clavel

Quintanilla. Solicitó lo mismo a otras dueñas de fondas, tiendas, estancos y fritangas, afianzado en su reputación de hombre pudiente, sesudo. Y, por anticipado, ante la menor insinuación de, "¿Y qué ganamos con ello?" comenzó a repartir favores. Dinero prestado, cartas de recomendación para cuñados y amigos vagos en busca de empleo y, ante todo, padrinazgos.

Como la negra Visitación Palomino estaba embarazada (y la mitad de mujeres casadas y enmozadas en seis cuadras a la redonda) de tres meses, y doña Argenis quería confirmar a su Peruchito, ambas decidieron que Amiel era un padrino de lujo aunque difícil de abordar. Le ayudarían, sí. Ellas no pedían nada, colaborarían gustosas con él. Por supuesto, si prometía llevar los niños a la iglesia.

—Ustedes mandan.

La verdad verdad, don Galaor ya tenía una pila de vales en la fonda, las tiendas, los estancos, aún en las colmenas y tenderetes del mercado. Y los afectados comenzaban a recelar. Hacían conjeturas. ¿Alcanzaría la herencia de Ramona De Céspedes de Ucrós para cubrir tanto gasto y despilfarro? ¿Estaría hipotecada la casa? ¿Pagaría Teodora las deudas si Galaor Ucrós se declaraba en quiebra? De modo que las habilidosas propuestas del doctor Amiel llegaron en el momento justo. Al menos para los industriosos.

En cambio, a otros les molestó la intromisión.

Real del Marqués era un pueblo aficionado con locura a los juegos de azar y el encierro se había capitalizado enseguida. Chanceros, vendedores de lotería y simples aficionados realizaban buenos negocios. Todos apostaban a cuántos maripipis diarios echaban el joven Galaor y la tal Clavel Quintanilla. Y en el American Bar colgaba una planilla de hule donde se anotaban los tantos diarios. Los estudiantes colocaban chinchetas rojas sobre los almanaques e inventaron un juego con fríjoles y garbanzos. No era ningún secreto que el pescado y el cerdo subían o bajaban de precio según las noticias surgidas de la Calle de las Camelias y la casa de la difunta Ramonita de Ucrós. Pues, tanto en los árboles de matarratón como en los quicios de las puertas, había mandaderos y apostadores anotando la calidad y cuantía de las fifadas: si con gritos, risotadas o únicamente jadeos, no daba lo mismo.

El choque de los cuerpos y la energía desplazada era tan intensa que gatos, perros, gallinas y personas terminaban erizándose sin querer. Se perdía la cuenta. Pero, Asisclo Andalete, quien vivía de los mandados y el rebusque, estaba atento a registrar datos exactos. Y, cada mañana, amarraba una cintica colorada a los barrotes de una ventana. Dos, tres y cuantas fuesen necesarias en el curso del día. Según el tono del asunto añadía lazos solferinos y naranjas. De tal modo que cuando el doctor Amiel tomó la resolución de intervenir, la casa parecía un árbol navideño.

—Esto se acabó— se dice que dijo el doctor Amiel.

Mentira. Aún con el crédito suspendido, la pareja duró encamada otras cinco semanas y benefició el negocio del juego. Se apostaba a ¿cuántos días resistirán? ¿Qué hará Teodora Vencejos al final del encierro? ¿Está Clavel Quintanilla embarazada?

Cinco semanas más, porque el doctor no iba a defraudar a sus tías, las señoritas Laffaurie y porque don Rufino Cervera estaba agotado de tanto enhebrar. Amiel habló con sus amigos de las empresas municipales para que le cortasen los servicios a la pareja. La pasión entre ellos era erupción volcánica y ardía como fuego griego, pero Teodora pagaba las cuentas de agua, luz y teléfono.

Cinco semanas más.

Y al final, Clavel Quintanilla abrió la puerta del frente, en pleno medio día, atravesó la calle e introdujo la llave en la cerradura de su propia vivienda. Estaba encinta de tres meses.

Ni el primero ni el último botón de la blusa le cerraban. Radiante, presurosa, agarró una escoba y comenzó a barrer los cuartos abandonados por tanto tiempo. Los vecinos la escucharon canturrear

Cuando se quiere de veras
como te quiero yo a tí
es imposible mi cielo
tan separados vivir… vivir…

Las Tigresas

Desde hacía meses el doctor Amiel había aceptado una invitación a Berlín. Iba a dictar un curso sobre bocaditos afrodisíacos, invitado por el club femenino *Las Walkirias*. A pesar suyo no podía quedarse en Madrid para convencer a Teodora sobre la inconveniencia de su viaje a Colombia.

—Definitivamente, repruebo la idea. Tienes un compromiso laboral conmigo y hay demasiado trabajo. Sin tí, me veré obligado a contratar a dos asistentes.

—Viajaré de todas maneras.

—En tu casa nadie te espera. A lo mejor quien se lleva una sorpresa terrible eres tú—dijo, malhumorado.

—Me resbalan sus insinuaciones, doctor.

Amiel permaneció en silencio mordiéndose los labios. No sabía si trabajar con asistentes desconocidas o cancelar el curso que se anunciaba como un fracaso. Porque hasta la impresión del recetario estaba mal. Para la carátula había escogido el dibujo de una pareja fundida en el amor, con gran delicadeza, a la manera de Picasso. Y, en su prisa, Teodora equivocó el material. A cambio, tenía un fauno de sonrisa grotesca y mirada falaz, que acosaba a una ninfa... ¡el desastre! Y con las agrupaciones femeninas no se juega. Bien lo sabía el doctor Amiel.

—Voy a exigirte que cumplas el contrato... ¿dónde está el material grabado?

Teodora acababa de colocar dos casetes en la maleta de piel sobre los pañuelos y camisas de seda. El doctor filmaba videos de cada receta, ingredientes, medidas, los pasos a seguir, pero la letra impresa otorgaba a las alumnas una confianza ilimitada.

—Están a la mano, no se preocupe.

Teodora continuó ordenando el equipaje. Lamentaba no acompañarle. A ella le encantaba pasear por la Kunfurstendamm, a la hora del crepúsculo, cuando Berlín bulle de parejas juveniles y en el aire se percibe un vaho a cerveza y pieles tersas. Solía pedir un café en el Kranzler, sola, mientras recordaba a don Galaor y esperaba al doctor Amiel. Luego, ambos tomaban vino blanco y trabajaban hasta la media noche.

Y odiaba perderse la diversión. El nerviosismo de las alemanas después de probar las salsas de apio y cangrejos, el paté de faisán, los platanitos pícaros, (con melado y clavos de olor), los rábanos picantes encurtidos, los deditos de carne envueltos en hojas de hierbabuena. Esos esponjados de mango, curuba y maracuyá, frutas importadas directamente de los trópicos. ¡Una lástima! Las alumnas establecerían verdaderas competencias por llevarse al doctor Amiel a fiestas íntimas, al sauna y el jacuzzi, a compartir camas francas y bañeras estrechas.

—Ven conmigo, te lo suplico ¿Quién me salvará de esas mujeres?

Cuando Teodora estaba presente, el doctor Amiel salía relativamente ileso de clases y seminarios. Las alumnas, aunque lanzaban miradas ansiosas y frases desvergonzadas, mantenían la distancia..., honesta distancia. Una vez, en Lisboa, cierta lusitana entusiasta le había mordido una oreja al maestro. Y otra, en Andorra, lo persiguió por las verdes colinas para despedazarle la camisa.

—¿Qué haré sin tí?

—Todo saldrá bien. Lo importante es el deber cumplido.

El consuelo de tantos afanes llegaba en cartas y videos-testimonio. Secretarias que finalmente cazaron y con zeta mayúscula a un jefe por años esquivo; esposas que lograron retener al hincha obsesionado por el fútbol, durante el último juego del campeonato mundial. Novias eternas que lograron encender a un adicto a la televisión y la cerveza. Mujeres que se impusieron a rivales quince años más jóvenes, hermosas y con piernas espectaculares. Frígidas y consumidoras de aspirinas, siempre con jaqueca, censuradas por amantes y maridos, que repentinamente lograron entregarse sin esfuerzos o lavados mentales. No una, sino dos y hasta tres veces, con explosión y arco iris, en una sola noche. ¡Y las que escuchaban música, entre celestial y rock, mientras gritaban enloquecidas.!

Sí, el doctor Amiel era un maestro. Su arte reforzaba las uniones, atraía la pasión, vencía los muelles de camas y colchones. Izaba los palos flojos. ¡Atención fir!

A Teodora le hubiese gustado acompañarle a Berlín. Lanzarlo en manos de unas treinta integrantes del grupo Walkirias era como abandonar a un cordero en la jaula de las tigresas. ¿Y qué podía hacer? Tenía cita con un estilista de la Calle Narváez para cortarse el cabello, y un pasaje de turista en Iberia. No pensaba dar marcha atrás. Lo más importante eran su marido y sus hijas. Evocaba como su "marido" a don Galaor, porque lo era realmente. La misma ley se lo había otorgado..., y todo un ejército de Amieles no valían lo que un solitario Ucrós.

El doctor pareció leer sus pensamientos,

—¿E insistes en cortar tu cabello?

—Si. Quiero cambiar.

—Una mujer sin su cabello es media mujer. Terminarás por arrepentirte.

—He tomado una decisión.

—Es tu vida— suspiró él.

La Negrita

Los buenos oficios y mejores intenciones de Rufino Cervera, las señoritas Laffaurie y el doctor Amiel, impulsaron al joven Galaor Ucrós a mudarse a casa de Clavel Quintanilla, su vecina, a quien ya se le notaba el embarazo. De Teodora nada quería saber.

—¡Ni me la nombren!— decía.

Estaba en su salsa, como quien dice. Durante el día iba de la cama al mecedor y de allí a la hamaca, en calzoncillos o bermudas. Entre siesta y siesta leía el periódico, tomaba un refresco o probaba los guisos de Clavel. En la noche acudía al American Bar o miraba la televisión. Hasta de sus aficiones musicales parecía haberse olvidado.

Tal deserción tenía sumamente acongojada a Teodora. Creía fallarle a doña Ramonita. Y eso de cumplir mal las promesas no iba con su temperamento.

—¡Lo lamento, madrina!— lloraba ante el retrato iluminado de la difunta. —¡No es culpa mía! No sé qué hacer para atraerlo al seno del hogar.

Pronto, a Galaor le cansó la sazón de la Quintanilla y comenzó a enviar papelitos. Como Teodora utilizaba la cocina, el lavadero y el resto de su hogar materno, él creía tener derecho a exigir alimentación y arreglo de ropa. ¡Y ella tan contenta! Hizo un contrato con Asisclo Alandete que le evitaba cruzar la calle y tocar en el odioso portón del frente (Así, según las vecinas, inició su propio calvario). A diario el muchachito llevaba suculentos desayunos, almuerzos abundantes y nutritivos, deliciosas cenas. Y no en simples bandejas, sino en portaviandas tamaño gigante. Aparte iban las guarniciones y aditamentos. Pan fresco, ensaladas, nísperos y anones, dulces de guayaba, ñame y coco. Servilletas, palillos, sorbetes; aguas aromáticas de manzanilla y limón. La única protesta de Teodora era olvidar el café. ¿Y eso qué iba a importarle a Galaor Ucrós? De colarlo se encargaba Clavel Quintanilla, quien en esos días no volvió a pelar un ajo, a tajar una cebolla, ni a freir un huevo.

Y los viernes, puntual, Asisclo entregaba al joven Galaor camisas inmaculadas, pantalones y chaquetas maravillosamente planchadas, interiores impolutos.

Un caso así no se había visto en Real del Marqués desde los tiempos de Leda Esquivel. Tía abuela de Teodora Vencejos llevaba en propia mano la comida a su marido legítimo, un tal Beltrán, y a su querida, Bertha Peluffo. Una pareja instalada en otra ominosa casa del frente, por fortuna derruída mucho tiempo atrás. Y las vecinas escandalizadas. ¡Como no! Pues Clavel Quintanilla era mil veces peor que la Peluffo.

Mil y mil veces. No tenía recato y gozaba exhibiendo su estado. Caminaba oronda, con flores de cayena prendidas a los cabellos —de esas llamadas "arrebata machos" por los sinvergüenzas— los senos y el vientre desafiantes bajo trajes livianos de algodón, seda, etamina, que retrataban curvas, piernas separadas, el ombligo soplado, los meses de haber sido preñada y hasta el alfajor poblado de un vello hirsuto y negro que tenía fascinados a los pupilos del colegio de varones. Entre quienes circulaban ciertas adivinanzas,

Mi comadre la negrita
que cuando la aprietan grita

de doble vía. Pues la respuesta se acomodaba lo mismo a la escopeta de Galaor Ucrós que a la cuca de la Quintanilla.

En esos meses el doctor Manuel Amiel acababa de instalar una cadena de tiendas bautizadas *Antojos y Lujuria*, con mucho éxito. Y solicitaba numerosos encargos a Teodora, los suficientes como para que ella contratara ayudantes, dirigiese el trabajo y viviera con holgura. ¡Vanas ilusiones! El dinero lo devoraban las deudas contraídas por el joven Galaor y sus nuevas demandas. De papelito en papelito pedía dinero para cigarrillos, la barbería, el billar, gastos menudos, billetes de lotería. Acudía con más frecuencia al American Bar, a la casa de Leocadia Payares. Además sábado y domingo, se vestía de punta en blanco —al atardecer— para rondar a las señoritas Arantza.

Ellas eran cuatro, muy presumidas, todas de merecer y con atractivos económicos. El padre, abogado prominente, poseía varias casas en el marco de la plaza, haciendas ganaderas y extensos cultivos de arroz, algodón, sorgo. Y estaba en plan de casarlas bien.

¿A cuál de ellas prefería Galaor Ucrós?

—Le da lo mismo una que otra— comentaba doña Argenis Cervera.

Cierta tarde (y tenía por testigo a Peruchito) la tendera sorprendió a Galaor recorriendo la plaza con una cámara japonesa colgada al hombro. Una a una se detuvo a fotografiar ocho casas, tal como advirtió el avispado niño, propiedad de don Pablo Arantza. Y cuando más tarde, doña Argenis le preguntó por qué las Arantza le interesaban tanto, Galaor respondió virtuosamente,

—Son caseras y hacendosas.

Respuesta que no satisfizo a Clavel Quintanilla y mortificó al doctor Manuel Amiel a quien angustiaba la actitud de Teodora y su callado sufrimiento. Era voz popular que la chica no tenía para comprar un traje o un par de zapatos o hacer su gusto con adornos o lápices labiales. Sus esfuerzos, trabajos, afanes, iban a un pozo sin fondo.

Y ni siquiera Galaor Ucrós agradecía. A media noche saltaba por la ventana de Clavel e iba a visitar a las falsas sobrinas de Leocadia Payares. Permanecía allí hasta la salida del sol, de sofoco en sofoco, porque hasta para Leocadia tenía sus atenciones. Otro cliente madrugador, el turco Alí Sufyan, se lo encontró una vez completamente biringo, dormido entre los brazos de la mamasanta, con el rostro hundido entre sus senos descomunales y las manos artísticas rodeando y perdidas entre los túmulos mantequilludos de aquellas inmensas nalgas que los colegiales del pueblo codiciaban tanto como la cuca de Clavel Quintanilla. Una de las pupilas, dormida también, guardaba su botón de oro encogida entre la boca. Patrona y asalariadas afirmaban que Galaor Ucrós les proporcionaba intensa felicidad y no se atrevían a cobrarle... ¿y acaso tiene precio un sentimiento así?

El doctor Amiel y Alí Sufyan estaban a punto de apalear gratis a Galaor Ucrós y dispuestos a pagar cárcel con tal de salvar a Teodora, cuando los acontecimientos estallaron porque el testamento de doña Ramonita Céspedes de Ucrós había sido encontrado por el notario Catón Nieto entre los papeles de su padre y antecesor. Fue preciso hacer una lectura con la asistencia de don Imeldo, las señoritas Laffaurie y el mismo doctor Amiel entre los invitados especiales.

—¡Libertad, divino tesoro!— dicen que exclamó Galaor al recibir la notificación.

Catón Nieto, abogado famoso por su discreción, tuvo que luchar con la multitud que colmaba la calle lateral a las oficinas. Había racimos de curiosos asomados a las ventanas y trepados a los árboles. El pasillo de la notaría semejaba una feria. Un tercio de los habitantes de Real del Marqués estaba presente. Asiduos al American Bar, madres con hijas casaderas, tenderos y fritangueras, loteros y vendedores de chance. Sin que faltara Clavel Quintanilla con su embarazo y aires de señora y dueña.

La Miel

Las gitanas al fin y al cabo adivinas, montaban guardia frente a las escaleras de un edificio señorial muy cerca a la plaza Dalí, en Narváez; allí tenía su afamado salón de belleza el estilista Aristarco León (que en realidad se llamaba Isidro) en un cuarto piso.

En la sala principal decorada con exquisitos espejos, muebles dorados y mullidos tapices marroquíes, el estilista aplicaba una base correctora sobre sus ojos hinchados de tanto llorar. Tres años atrás zarandeado por la pasión, había abandonado a su amigo Nico, cortador de pieles y socio de un bar en la calle San Roque, para dispensar afectos a don Félix, un poderoso inversionista que además de obsequiarle un piso de "cine", en La Castellana, lo paseaba en verano por la Costa Azul presentándolo a sus amistades del jet-set como "el primo Ari".

Abandonado, Nico juró venganza eterna. Gota a gota, ojo por ojo, diente por diente. Una venganza que ejerció con telefonemas obscenos y lanzando sacos de sal frente al nuevo piso. Intensificada de repente, tras meses de calma, en sus indefensas flores. ¡Ari amaba la naturaleza! Manos asesinas regaron con lejía y agua jabonosa sus geranios rojo punzó, sus orquídeas de invernadero, las espléndidas rosas que —en macetas— adornaban el elegante salón unisexo.

¡Un día fatal! Aristarco al maquillarse lloraba interiormente. Era un muchacho delgado de tez blanquísima y cabellos castaños, peinados hacía atrás en coleta, y movimientos lentos que él extremaba al caminar. Mirándose al espejo mordía los puños de su camisa color malva para no roerse las uñas. Un día fatal ¡Alucinado! Sus clientes favoritos, el doctor Manuel Amiel y la esposa del masajista Ingo Svenson, le suplicaron atender y otorgar trato preferencial a una tal Teodora Vencejos. Ambos tenían especial interés en los cabellos de la mujer. Y pagaban principescamente sus servicios.

Como si fuese poco, estaban los gitanos. La hija del rey era tan dadivosa como Amiel y la Svenson. Llegó rodeada de mujeres y niños, en medio de gran alboroto, y después de entregarle un fajo de pesetas, le suplicó que cancelase las citas con todas las personas distintas de Teodora Vencejos. Era vital que Aristarco dedicase todo su tiempo a cumplir ciertos requisitos. Y a sus preguntas, la gitana encimó otro puñado de dinero y dijo enigmática,

—Es la Señora de la Miel. Más que una reina.

¡Mujeres! Gitanas o payas, para Ari no significaban mayor cosa. Y estaba dispuesto a odiar a Teodora Vencejos sin haberla visto. ¿Quién era esa tía? ¿De qué se las daba? Ni la misma Duquesa de Alba armaba tanto revuelo al citarse con su peluquero. ¿Por qué tanta codicia a su alrededor? El doctor Manuel Amiel aspiraba a obtener toda la cabellera, para hacer una trenza y guardarla bajo la almohada ¿y por qué?... rumiaba Ari. Griselda, la mujer de su masajista, había sido más explícita. Quería un puñado de rizos para tejerle una red a "chico" el fabuloso aparato de Ingo, como regalo de cumpleaños. Ojalá de los cabellos nacidos en la nuca, más suaves y dóciles. Las gitanas eran igualmente pretenciosas. Aceptaban con falsa humildad los cabellos sobrantes, para elaborar anillos y talismanes; pero, en cambio, tenían otras exigencias. Como el agua en donde sumergiría las uñas de manos y pies, durante el manicure y pedicure. También las toallas mojadas. Y si tomaba café, infusiones o vino blanco, el líquido dejado al fondo de tazas o copas. Y lo más extraño, pretendían revisar el baño, si ella lo utilizaba, por si tenía el período y había en la papelera compresas usadas. (Al parecer los líquidos menstruales rejuvenecen el cutis y propician las encoñadas).

Sí -sí. Aristarco quería odiarla y odiarse a sí mismo. Deseaba tratarla como a una enemiga. Hacerle sentir la superioridad del varón no susceptible a los encantos femeninos. Juraba no dirigirle la palabra, acentuar la distancia. Sin embargo, cuando ella entró en el salón y, sin saludar, observó las rosas, Ari comenzó a sentirse subyugado.

—¿Qué les sucede? —preguntó— ¿Qué les hicieron?

Era una mujer de mediana estatura, de hombros anchos y manos largas. Las caderas apenas insinúandose bajo un traje color azafrán y las piernas enfundadas en medias negras. El cabello, trenzado y enredado en la nuca, formaba una mariposa endrina olorosa a verbena y limonaria. No era espectacularmente bella, pero tenía ojos llenos de luz. Y lo más importante: en su forma de hablar, moverse, desplazar el aire respirado, había un especial contacto con el mundo, con la vida, con la gente a su alrededor

—No van a morir. Les prometo que no.

Como en un sueño Ari vió a Teodora Vencejos remover la tierra con meticulosa devoción, limpiar las raíces quemadas, retirar partículas muertas, colocar de nuevo cada planta en su lugar. Y después, regarlas tiernamente, mientras les prodigaba frases de consuelo. Como si flores y hojas la escucharan atentas.

—Ahora estoy lista...— anunció una hora después, cuando ya Ari había perdido su propia identidad.

Teodora se amodorró mientras Ari le frotaba el cuero cabelludo y dividía la espesa mata de su cabello en mechones. Al tocar los rizos mojados sentía una extraña energía recorrer su huesos y músculos, articulaciones, yemas de los dedos. Sentía llamaradas en el cerebro y azotes en el centro de sus piernas. Y cuando le preguntaba,

—¿Cómo estás, bonita?

suspiraba profundo, muy profundo, y decía unos "muy bien" que lo estremecían hasta el fondo de los tuétanos. Ella debía sentir lo mismo, pues se movía voluptuosamente en la silla; deseable, gatuna, quizá cortejada por el desasosiego. Olía a duraznos en almíbar. Estaba nerviosa, explicó, tenía en casa una paloma torcaz muerta de hambre.

Era una tristeza cortar un cabello tan hermoso, que descendía hasta las caderas. Pero, Ari también quería su parte en el botín y total, volvería a crecer. Así, cuando ella solicitó un corte moderno, con una coleta muy sexi o la nuca rapada, Ari sonrió con un aire masculino que hubiese sorprendido hasta su propia madre. Mucho más a su abandonado amigo Nico, o a don Félix el poderoso inversionista.

La dejó hablar y hablar y hablar, para empaparse en su cadenciosa voz, mientras cortaba los mechones, —que no parecían conocer el peine— según los antojos y necesidades de cada quien. El se reservaría una guedeja del lado de las sienes. Aún no sabía si para conservarla sobre el corazón o junto a las ingles. Cortó despacio, hábil y amorosamente, mientras sentía crecer bajo su tacto las raíces. Su propio cuero cabelludo hormigueaba con nueva fortaleza. No tenía necesidad de mirarse en el espejo para saber que su incipiente calvicie ya no existía. ¡Razón tenían las gitanas! ¡Teodora Vencejos era como una espiga ambulante de la vida!

—Quiero un cambio total. Verme distinta. Un mechón platinado sobre la sien izquierda me gustaría mucho.

Ari dijo que prefería un paje asimétrico sin mechón plateado. Su cabello era demasiado hermoso para ser decolorado.

—El paje te haría más y más deseable, bonita.

El "bonita" sonó al cachondeo de un hombre en plan de ligue. Dió otros tijeretazos, midió, repicó sobre la nuca y volvió a cortar. En lugar de utilizar el secador manual la sentó bajo una bombona. Le haría él mismo las uñas, servicio solicitado por el doctor Amiel y para el cual había citado a un ayudante de confianza. A quien despidió pagándole el doble y con vagas disculpas. No quería que otros hombres compartieran con él ese día maravilloso.

Cuando ella se marchó, para mezclarse con la gente del otoño, deslizándose como una odalisca por la Calle Narváez, Ari recogió hasta el último de los cabellos regados por el piso del salón. Los anudó, secó y peinó por separado, envolviéndolos en papel de seda. Después permitió a las gitanas envasar el agua, revisar el baño, sentarse por turnos en las sillas que Teodora ocupara durante el shampoo, el corte y el secado.

Ya a solas, sentado en la penumbra del salón, entre espejos, cepillos, tinturas y esmaltes, contempló los mil ojos parpadeantes del Madrid nocturno y el cielo barnizado de azul añil ¿Quién era él, realmente? Había cambiado bajo los fulgentes ojos de Teodora Vencejos. A la sombra de su piel. Simplemente al tocarla. ¿Cómo era posible? ¿Cómo? se preguntó. No sólo geranios, rosas y orquídeas marchitos retoñaban en presencia de aquella extraña. Su nuevo cabello era de un castaño brillante. Y, de pronto, comenzaba a pensar en mujeres... Un día fatal. ¡Plumas negras! Aquello era de ver y no creer. ¿Con qué historia iba a salirle a don Félix?. El piso de La Castellana estaba a su nombre, ¿pero sería honrado conservarlo? Porque en adelante no sería capaz de quebrar una mano, ondear el culispipicio o tenderse en la polvera para complacer a un Nico, a un Tuco o a un Paco. Horrible. ¡Fatal! Se veía con argolla matrimonial, una mujer ardiente y varios críos. ¿Y qué hacer? El alboroto por las mujeres alucina. Era la hora de ir a ligar. Con gusto daría alaridos ¡ay, su piso en La Castellana! ¿lograría conservarlo? Llorar no. No. Mejor el bar del frente. Allí acudían unas tías de películas, turistas y madrileñas. "¿Para quien seré yo esta noche?", fantaseó.

Le daba lástima don Félix. ¿Qué dirían sus amistades de la jet?

El Testamento

Los curiosos y madres con hijas casaderas, ávidos de noticias, vieron compensado tanto madrugón y la tardanza del abogado Catón Nieto para entrar en materia. Digno, ceremonioso, utilizó micrófono y leyó con muchísimo sentimiento. Como si deseara enterar a todo el pueblo sobre las últimas disposiciones de la difunta.

Doña Ramona Ucrós, nacida De Céspedes, legaba todo su dinero, ropa blanca, joyas y muebles, a su bienamado hijo Galaor. Aparte de sus peinetas de carey, plata y madreperla, destinadas a doña Argenis Cervera, como prendas de cariño y amistad, el testamento a nadie beneficiaba. No había ni el más diminuto obsequio para sus amigos o vecinos. Ningún recuerdo o mención que testimoniara otros afectos. Como si al dictar su última voluntad hubiese querido ignorar deliberadamente a Teodora Vencejos Arraut.

Un testamento breve. Y nadie daba crédito a la voz pausada del notario, a las raquíticas cláusulas, a los olvidos de la extinta dama.

—Mentira! ¡Todo mentira!— el aturdido Galaor no entendía absolutamente nada —Esto es un engaño. ¿Dónde está la casa? ¿Y la finca de Caracolí? ¿Y la quinta de Barranquilla? ¿Y los bonos del Banco del Comercio? ¿Y las acciones del Club Campestre?

—¡Logrera! ¡Hipócrita! ¡Malagradecida!— aullaba doña Argenis Cervera alzando sus puños histérica. —Me debía tres años de leche, pan, huevos y azúcar. Siempre buscaba pretextos para no pagar. ¡Gracias a Dios que nunca le fié la harina!

El carnicero, don Itertinio Perné, tuvo un ataque, pues doña Ramonita le había prometido joyas de familia a cambio de innumerables trozos de lomo, costilla y tocineta. Roseta perdió el habla durante largas horas. Y el turco del almacén, Alí Sufyan, comenzó enseguida a elaborar una lista de deudores, a mirar a su alrededor como un beduíno rodeado por tribus enemigas.

Mientras, Galaor Ucrós increpaba furioso al abogado y a Teodora:

—¿Y ustedes qué? ¿Van a estafarme? ¿Dónde están las escrituras de mis bienes? Mi madre tenía un chalet en Puerto Colombia, tierras en el Sinú, huertos frutales, terneras mamonas.

El abogado Catón Nieto, la voz untuosa y el rostro hosco, dijo que tales asuntos pertenecían a la intimidad y no era el caso ventilarlos en público. Galaor Ucrós insistió. El abogado se dispuso a abandonar la notaría. Galaor le saltó al cuello. Si el padre Imeldo Villamarín no interviene lo estrangula,

—¿Quieres la verdad? ¡Aquí la tienes!— aulló el ofendido enderezándose la corbata.

E informó al huérfano sobre aquellos hechos que el padre Imeldo había intentado dar a conocer a Teodora enviándola reiteradamente a visitar la notaría. Al sacerdote doña Ramonita le había amarrado la lengua bajo secreto de confesión y él, Catón Nieto hijo, apenas si estaba empapándose de los papeles archivados por Catón Nieto padre. No obstante, la casa, las haciendas, las quintas, los terrenos, las acciones y bonos, el ganado y otros bienes, pertenecían a Teodora Vencejos Arraut.

—¿Cómo? ¡No puede ser! —¡Imposible!— Galaor no podía creerlo.

—Así es— afirmó el padre Imeldo.

Y el abogado continuó:

Don Martiniano Vencejos, al presentir su muerte, ordenó minuciosamente sus asuntos. Y encomendó a doña Ramona Ucrós (nacida De Céspedes), amiga íntima de su finada esposa, la tutoría de su única hija, Teodora. El usufructuo de los bienes heredados por la niña permitiría brindarle una excelente educación. Debía asistir al mejor colegio del país, aprender inglés, francés, música y natación. Al culminar estudios secundarios se le enviaría a estudiar a Francia, Bruselas o Estados Unidos, según la carrera universitaria elegida. Además, había suficiente dinero para que doña Ramonita y su hijo Galaor vivieran holgadamente sin lesionar los intereses de Teodora. Don Martiniano confiaba a ojos cerrados en la bondad de su elección y moría tranquilo por la suerte y el futuro de su heredera.

—Noooo— a Galaor se le nublaron los ojos mientras caía, desmayado, entre los brazos devotísimos de las señoritas Arantza.

Los presentes quedaron sin habla. Hubo gargantas resecas y labios descolgados. Clavel Quintanilla, cuyo embarazo alzaba una pinta de machito, tuvo vahidos y palpitaciones. Las falsas sobrinas entongadas con trajes nuevos y comprados para la ocasión sintieron crujir sus rabadillas. ¡Las vueltas que da el mundo! Y como dijera el padre Imeldo Villamarín, las palabras del Evangelio por una vez resultaban proféticas. Los últimos serán los primeros. El pobre Lázaro precediendo al rico Epulón. Bienaventurados los mansos.

Ante el asombro general, aquella Teodora Vencejos a quien Ramona Ucrós crió como una arrimada y metida en la cocina era una heredera. Princesa incógnita, cenicienta arrancada del fogón, bella durmiente despertada sin ósculos.

Tanto el abogado Catón Nieto hijo, como don Imeldo, ignoraban si la Ucrós había echado mano a las joyas y otros bienes que en rigor pertenecían a Teodora. En cuanto a los intereses del dinero.. ¡apañó hasta el último peso! sin que ellos pudiesen hacer nada. Don Martiniano Vencejos sufrió un derrame cerebral antes de firmar el documento donde nombraba al cura párroco y a los dos Catones como miembros de un comité encargado de vigilar periódicamente el cumplimiento de sus disposiciones testamentarias.

Sin embargo, Ramona Ucrós no logró tocar el capital. Ni la misma Teodora podía vender casas o haciendas, a no ser en casos excepcionales. Y el banco reinvertía la mitad de los intereses ¡por la derecha, menos mal!

Iracundo y humillado, Galaor Ucrós De Céspedes se abalanzó sobre los documentos que lo acreditaban como heredero de una aceptable fortuna. Doña Ramonita había ahorrado e incrementado sus bienes a costillas de la ahijada, con premeditación y alevosía. La repostería era una tapadera para justificar sus entradas ante el pueblo y, finalmente "su bienamado hijo" como decía el testamento, podía vivir de las rentas y bien regalado.

—¡Me han estafado!— gritó él.

Partió sin atender razones, como un Orestes en traje de lino crudo y zapatos mocasín a quien el destino negara la oportunidad de ahorcar a doña Ramonita. Ni las chicas Arantza, ni las del Rosal, ni Clavel Quintanilla, ni las falsas sobrinas merecieron su atención. Esa misma noche se le vio en el Hotel del Prado, rodeado de muchachas elegantes e invitando a tomar champaña a conocidos y desconocidos.

—Teodora quedará libre— vaticinó el doctor Amiel.

La llevó a la casa en su automóvil último modelo, a pedido del padre Imeldo. Deseaba acariciarle el cabello, mimarla un poco, decirle que la vida era suya... ¡tenía el mundo a sus pies! El amor y la alegría iban a sonreirle.

Iluso. Eso era el doctor Manuel Amiel. Un iluso. A pesar de sus viajes, conocimientos, apellidos. Carecía de ese último sentido llamado intuición. Más aprisa de lo que esperaba se encontraría mareando a Teodora con sus palabras torrenciales y unos deseos que hasta entonces no quería confesar.

A su pesar —le dijo— estaba enamorándose de ella con locura. El sonido del nombre *Teodora* tenía un regusto agridulce bajo las papilas de su lengua, cosquilleaba en sus flancos y riñones, lo convertía en el toro que raptaba a Europa y la penetraba bramando en las playas de la noche. Otras veces era el cisne entre las piernas de Leda. También un colibrí que descendía por los pabellones del viento para poseer a una Teodora alada. Veíase a sí mismo como un priapo desmesurado y triunfalmente erecto acariciado por las hembras de cinco continentes. Hembras que súbitamente, se transformaban en su única y deseada amante, Teodora Vencejos,

—¿Me comprendes?

—¡Queeeee! Discúlpeme, doctor. Es que estoy tan cansada. Entre su constante fatiga y la preocupación por Galaor, Teodora no había escuchado absolutamente nada.

Un Rey

En el Aeropuerto de Barajas había un gran revuelo. A Teodora le costó trabajo encontrar el camino hacia los mostradores de *Iberia*, según era la nube de periodistas que se mezclaban con los gringos, alemanes, sudamericanos y japoneses que abandonaban tristísimos la capital más grata de Europa.

¿Por qué tanto alboroto? Teodora vino a descubrirlo cuando entró por equivocación en una sala de espera. Entre los viajeros recién llegados de Rumania se encontraba Salustio Grimaldo, rey del café y la caña de azúcar, con intereses en industrias petroleras y explotaciones auríferas. Grimaldo llevaba cinco años peregrinando de médico en médico, pues de tanto catar café, probar las virtudes del azúcar, oler petróleo y morder oro, había perdido irremediablemente el apetito.

—Citico— murmuró Teodora al verlo.

Grimaldo, que pesaba menos de 50 kilos y medía metro noventa y cinco, tiritaba arrebujado en una manta, mientras su última esposa, una caribeña despampanante, lo vapuleaba en público y frente al asedio de los periodistas. Una decisión sorpresiva del magnate, viajar a Colombia a recibir un tratamiento con células vivas de pato, irritó a la mujer al extremo de agredirlo tan violentamente,

—¡No y no! No abandonaré a Madrid. Estoy harta de vivir con un saco de huesos y comer siempre sola. Yo, chico ¡me largo! ¡Que te aguante otra! ¡O nos quedamos en España, o pido el divorcio!

Su irritación fue en aumento al divisar a Teodora, cuyos ojazos prendidos de Grimaldo, expresaban infinita compasión. Chilló:

—¿Y tú quien eres? ¡Fuera de aquí!

Ella, durante años tratada como arrimada, era muy sensible a los desplantes. Y no podía admitir que a un hombre hecho y derecho se le tratase como un trapo y con fisgones alrededor. Sin hacer caso de la esposa se acercó a Grimaldo y tomándole una de las esqueléticas manos se la besó, amorosa.

—¿Quién eres?— un periodista de la revista *Hola* comenzó a fotografiarla. Teodora guiñó un ojo al magnate y respondió:

—Soy su amiga. Y lo acompañaré a Colombia.

Con un elegante traje sastre, zapatos y cartera de piel, las medias veladas y un exquisito peinado asimétrico, era una fabulosa desconocida hasta para sí misma. Esa mañana después de bañarse con agua concentrada de canela distribuyó en las sinuosidades de su cuerpo varias esencias creadas por el doctor Amiel. Durazno, verbena, pomarrosa. Quería impactar a Galaor desde el primer instante. Debido a lo largo del viaje no pudo derrochar maquillaje. Ni dibujar flores de loto, azules y bermejas, alrededor de sus pezones, ombligo y rodillas. Pero, entre su bolso llevaba un pomo de "Arde" la exquisita mixtura del amor creada por Amiel que, entre otros ingredientes, contenía esencia de nardo, geranio egipcio y jazmín del Cabo, ginseng, azúcar cande, alcanfor, miel de palma, aloe vera, extracto de opio, almizcle y cognac añejado quince años; más aceites y gelatinas derivados del petróleo y el carbón. "Arde" estaba de moda entre los amantes europeos porque helaba en verano y abrasaba en invierno. La frotaban mutuamente sobre los cuerpos desnudos, prendían una cerilla y por breves instantes ardían sin quemarse en la hoguera del amor, aureolados por flamas azules y crestas rojizas. De elaboración exclusiva, secreta, promocionado como preludio del éxtasis. "Arde" era una invención perfecta cuyas ventas enriquecían aún más al doctor Amiel.

Los reporteros gráficos tomaron una serie de placas a Grimaldo y su nueva conquista. Silbidos admirativos surgían alrededor. Teodora, por primera vez en su vida, sonrió hechicera a las cámaras y a un hombre distinto de Galaor Ucrós. Se deleitó con las miradas insinuantes (y aún desvergonzadas) de otros viajeros, e ignoró indulgente los insultos de la señora Grimaldo, que amenazaba con demandarlo por adulterio, y los torpes coqueteos de una pelirroja gigantona con botas de granadero.

—Bienvenidos a bordo— dijo la azafata de *Iberia*.

En el interior del avión, con la cabeza de Grimaldo sobre su hombro, Teodora disfrutó su primer descanso en meses y meses. Siempre a la vera espiritual del doctor Manuel Amiel, logró que el rey del café y sus escoltas la acompañasen en la sección de fumadores,

—Viajar en *No fumadores* es contraproducente —decía él—. Allí no hay olor ni humo, pero están las monjas, las madres con niños pequeños y las ancianas regañonas. Corremos el riesgo de respirar a pañales orinados, talco y caca blanda.

—Me gustan los niños— suspiraba ella.

—Los niños son lindos cuando son de uno. Mejor viaja en *Fumadores*. Es un reducto que pronto no existirá. Los gringos, después de imponer masivamente el cigarrillo, están arrepentidos de haberlo hecho. Acusan al tabaco de crear horribles enfermedades. Y pronto se linchará a los fumadores. Te lo garantizo. Esperemos que el acto del amor no siga el mismo camino.

Salustio Grimaldo leía el periódico del día. Había un artículo sobre el sida, absolutamente espeluznante, que asustó a Teodora. Recordaba las palabras de su jefe,

—Los enemigos del placer, del amor y la libertad, han creado una enfermedad de laboratorio para frenar (según ellos) el libertinaje. Y como van las cosas todo el mundo terminará criando hijos de probeta... ¿hacer el amor? ¡olvídalo! Se insertarán óvulos fecundados en úteros sin mácula y el globo será un lugar realmente antiséptico. Sin tabaco y sin amor. Ojalá los gobiernos del futuro permitan el vino.

—¿Cenan ustedes?— preguntó la azafata.

Teodora aceptó encantada. Tenía apetito. El magnate como niño mimado hizo ascos, dijo que preferiría tomar sus vitaminas, pero ella se mostró firme. Retiró el papel celofán que cubría la ensalada de patatas, las gambas, el jamón, destapó el vino. Trozó una esquina del pan, la empavonó con mantequilla y le habló del aroma a horno que despedía, a bellas panaderas y manos hábiles. Mientras comía, a su vez, afirmaba que las gambas estaban supremas, pues tenían una exquisita salsa con ajo, perejil, y leves aromas de eneldo, viñas, orillas del Mediterráneo. Y el jamón ¡ah!, ¡el jamón! era una maravilla de payés, curado con antiquísimas recetas y por los mejores cocineros del mundo.

—Un bocadito por mamá— decía, porque había descubierto al niño desamparado que dormía bajo el metro noventa y cinco, nacido en cuna de oro y educado bajo reglas estrictas, que nunca pudo amasar su popó cuando era bebé, ni jugar con barro o agua.

—Vamos, si lo comes todo te daré un premio.

—¿Lo que yo quiera?

—Lo que tú quieras.

—¿Me lo prometes...?

—Con mi palabra.

Salustio Grimaldo hizo su primera comida completa en cinco años, sintiendo que recobraba el gusto y el olfato. De postre quiso probar los pezones de Teodora, averiguar si sabían a sal o dulce, y de ser posible dormir con el rostro pegado a ellos. Y también, no se atrevía a decirlo, sentía rubores de adolescente, pero si ella le permitiese explorar bajo la falda quizá el pudiese aspirar su olor a queso camembert o a mandarinas ¿y saber si los zumos de su cuerpo eran espesos o delgados? Si el pudiese..., si.

Teodora lo había prometido. Y para reforzar el *sí* pidió una manta doble a la azafata. Grimaldo aún tiritando, metió el rostro entre los suaves pechos y mamó despacio, despacito, mientras los demás pasajeros veían en la oscuridad una película de acción. Tenía su mano izquierda metida hasta muy hondo entre la torcaza hambrienta.

Así se durmieron profundamente, Teodora rendida por el cansancio y él por encontradas emociones.

Ella se vió desnuda flotando sobre un espejo de agua. Un hombre fuerte y musculoso, con la piel tostada por el sol y el rostro oculto por un antifaz de oro la penetraba al galope. Una y otra vez ¡una y otra vez! con un arpón de carne imantada y cresta de amatista. Ella ardía desintegrándose e intacta en una eclosión llameante que no parecía tener principio ni fin.

—Es él ¡él!— exclamó en una gloriosa revelación.

Era el único y último hombre de su vida. El joven Galaor. Hermoso, elegante, ireemplazable. Su herencia, propósito, razón de existir. Ante la mención de aquel nombre: *Galaor*, ella había colmado sus anhelos y mojado sus bragas de algodón, amado día por día. Era Galaor Ucrós el hombre que la había llevado un domingo al juzgado municipal para convertirla en su esposa.

—Amor mío...— musitó.

Sin abandonar la plaza, firme entre sus piernas, aquel atleta de músculos maravillosos retiró lentamente el antifaz. Teodora Vencejos se encontró, trémula y asombrada, con ojos burlones. El doctor Amiel susurraba aviesamente,

—Un día te la voy a meter hasta más allá de la pepita.

Despertó como si tuviese un bloque de hielo sobre el corazón y un esponjado de crema entre el buche de su pajarita. Le zumbaban los oídos. La azafata repartía toallas calientes. Amanecía. El rey del café y la caña de azúcar la besaba con unos "buenos días" jubilosos.

En el pasillo, un niñito de pijama verde, contemplaba a Teodora con la boca abierta, pellizcándole las piernas. La madre llamaba "Miguelito, Migue...!" desde la sección *No fumadores*. Los guardaespaldas hacían fila para entrar al baño. Al frente una pareja muy joven, bajo un cobertor, movía brazos y manos con lenta sensualidad, sin hacer caso de las azafatas. Las respiraciones, forzadas por la contención y sin embargo cargadas de gozo, le erizaron a Teodora hasta los vellos de las axilas.

—¿A qué horas servirán el desayuno? —inquirió Grimaldo— Estoy silbando del hambre —y susurrando el oído— Anoche... ah, ¡qué noche! Dime, ¿cómo te llamas? Necesito saberlo todo, absolutamente todo de tí.

Había dejado de tiritar. A pesar del tinte cetrino su piel transmitía fuego. Y sus pupilas brillaban. Con ademanes y gestos posesivos aferraba las manos de Teodora como si quisiese triturarlas.

—¿Cómo te llamas?

Teodora no mintió acerca de su procedencia, nombre y dirección. Dijo la verdad. Estaba casada. Retornaba a casa, a pasar una larga, muy larga temporada con su marido e hijas,

—¿No vienes conmigo?

—No puedo

Ni siquiera la deserción de Teodora podía mermar las poderosas fuerzas que bullían en Salustio Grimaldo. El tratamiento con células vivas sobraba y si continuaba el viaje era únicamente para acompañarla.

—Si tu quisieras, podríamos quedarnos en Puerto Rico para hablar de nuestros divorcios.

Ella miró a través de la ventanilla. El cielo sin nubes estaba dividido. La mitad era una fulgurante estepa roja y dorada, y el resto un mar azul violeta, lo más hermoso que había visto en muchos años. En cierta forma dos caras del amor. Teodora se incorporó para estirar las piernas. Tenía ganas de hacer pis. Al menos, por una vez, estaba satisfecha.

Rubia rubia

Clavel Quintanilla, de pura cólera, comenzó a gritar desde la notaría y reventó la fuente antes de tiempo. Como los dolores la acosaban sin reposo, y supuso iba a parir un niño hercúleo o gemelos, varios muchachones desocupados la llevaron en volandas hacia una clínica afamada, que resultó bastante costosa. Entretanto, Galaor Ucrós abandonaba la casa que desde niño había creído suya. Permaneció allí el tiempo necesario para hacer maletas y acusar a Teodora de corrompida, ladrona e indigna,

—Así me muera, ¡Nunca más te quiero ver!

Salió a los portazos. Cruzó la calle para recoger su estuche de uñas y detuvo un taxi. El conductor, Higinio Lopera, traía justamente noticias. Clavel Quintanilla, su mujer, acababa de darle una hijita.

Galaor Ucrós, un desagradecido, según Higinio, aclaró:

—Esa no es mi mujer. Yo soy soltero y sin compromiso.

De todas maneras visitó a Clavel en la clínica, firmó los documentos de pago, y hasta depositó una modesta suma como adelanto, aunque no registró a la hija como suya, ¡y ojos que te vieron ir!

A los tres meses las directivas del establecimiento permitieron marcharse a la Quintanilla, para evitar que la cuenta —bastante elevada— continuase en ascenso. Ya los cobradores sitiaban la casa de Teodora.

—Ni se te ocurra pagar— la amonestó doña Argenis

—No estoy loca.

Pero no resistió a los hombres vestidos de negro y con maletines que señalaban al *Deudor moroso,* los golpes en la puerta, la vergüenza. Se encargó de pagar deuda e intereses, hasta el último centavo. Oportunidad aprovechada por el doctor Amiel para ofrecerle trabajo en sus empresas, pues las deudas excedían las posibilidades inmediatas de su herencia.

De modo, pues, que Teodora abandonó el batido hogareño de pudines, galletas, esponjados e islas flotantes, para ser la asistente de Amiel. No le interesaba únicamente el dinero; quería trabajar en Barranquilla para averiguar sobre el paradero del joven Galaor, cuyas amenazas aún resonaban en su mente,

—Nunca más te quiero ver.

¿Donde estaría? ¿En qué barrio de la ciudad?

Teodora, por supuesto, no escuchaba los chismes mal intencionados que circulaban sobre el personaje de moda en la Costa Atlántica y que por casualidad se llamaba Galaor. ¿El mismo? ¿Su Galaor? No lo creía. No. Era un apuesto forastero que vivía a lo Creso en los mejores hoteles de Cartagena, Santa Marta y la misma Barranquilla. Se paseaba en un convertible color magenta y enamoraba a las mujeres más célebres del Caribe, cantantes, modelos, reinas de belleza. Todas estaban locas por él. Le decían Valentino, pipí de oro, el dardo y la flecha. Era tan bello —comentaban las otras empleadas de Amiel— que no tardaría en atraer la atención de los productores cinematográficos. ¡Un hombre así, únicamente en Hollywood!

Y cuando la fotografía salió en un diario, Teodora tampoco quiso creer a sus ojos,

—... Tiene la pinta de Ucrós —dijo doña Argenis—. El mismo viva la vida..., pero más elegante.

—No es él— dijo Teodora... —¿y qué si resulta así?

Mientras su joven Galaor no retornara a casa, nada tenía sentido para ella. Ni siquiera la admiración que le merecía el doctor Manuel Amiel, un hombre fuera de serie y especial. Un hombre que ella podría amar si no existiese aquel muchacho indefenso que había jurado proteger.

Nacido en Real del Marqués, e hijo de un viudo rico, Amiel fue criado como un príncipe por las hermanas de su madre, las señoritas Laffaurie. Enviado a estudiar leyes y finanzas a París, allí se enamoró de Ulla Ekland, ayudante de cocina, y cambió la Sorbona por un gorro de cocinero. Locamente enamorado se casó con ella y fue un esposo feliz hasta su regreso a la patria, en donde la nórdica, al compás del calor de las costas caribeñas, se transformó vertiginosamente en otra persona.

Rubia rubia muy rubia, rubia. De cabello casi blanco y ojos azul miosotis, Ulla Amiel despertaba una ferviente admiración en los costeños. Hombres de cabellos ensortijados y piel obscura; hombres de rasgos africanos y ojos zarcos; hombres con perfiles agudos y párpados indígenas; hombres de piel blanca, cejas espesas y labios sensuales; muchachos esbeltos con hombros macizos. En fin, hacía hervir la sangre de negros y blancos, y sobre todo de los sujetos de sangre mezclada para quienes los países nórdicos y la nieve eran tan remotos como la misma luna. Ulla, envanecida, creyó ser una Diosa del Valhalla, obligada a dejarse adorar por sus devotos.

Comenzó a usar trajes provocativos en las fiestas del Club Campestre, para que todos admirasen la perfección de su cuerpo. Nadaba semidesnuda en piscinas y playas. Salía de compras con ropa transparente y sin nada nada debajo.

Posó como ángel del bosque para una revista masculina, con una hoja de naranjo por toda vestimenta, y cuando las señoras del club de tenis la encontraron fifando con un entrenador negro y estalló el escándalo, ella abandonó olímpicamente al doctor Amiel.

Decidió vivir en Cartagena, porque adoraba el sol y el mar y las noches románticas. Alquiló una casona en las calles coloniales, a tono con su belleza. Y todas las mañanas salía al balcón con el pretexto de regar sus flores de cayena e icaco, envuelta en una bata de seda pudorosamente cerrada. Iba moviendo sinuosa, cabello rubio, caderas, piernas, ante las miradas hambrientas y descaradas de oficinistas, mensajeros, empleados bancarios, bogas del mercado, vendedores ambulantes, pescadores, aún respetables hombres públicos. Y cuando la zona estaba a reventar, desataba sorpresivamente el lazo de su cintura y decía una de sus frases favoritas en idioma español...

—¡Relámpago!— mostrándose como vino al mundo.

Y en la noche se le veía en la playa del Laguito o la piscina del Hotel Caribe, escoltada por jóvenes cartageneros y marinos de la base naval, no nadando en agua salada o agua dulce, sino de unos brazos a otros, de unos besos a otros.

La situación no podía durar. Era demasiado regalo para lugareños y turistas. A pedido de las damas, Ulla Amiel fue expulsada por una ordenanza del distrito turístico y desterrada a Santa Marta, en donde no la aguantaron ni seis meses. De allí pasó a Curacao, luego a las Bahamas, después a Hawai, y finalmente se ahogó en Cannes, quizá despechada. En la Costa Azul sus encantos no enloquecían a nadie y las rubias —en cosecha— formaban racimos.

Entonces, el doctor Amiel heredó todos sus bikinis y todas sus fotografías, convirtiéndose en un hombre libre. Libre para amar a Teodora Vencejos y llevarla al altar si ella aceptaba.

A Teodora, sin embargo, los sentimientos del doctor no la arañaban siquiera. El ausente Galaor Ucrós y la vecina, Clavel Quintanilla, copaban sus preocupaciones. Misteriosamente el apuesto galán de las habladurías citadinas y el convertible color magenta se había transformado en Galaor Ucrós. No contento con sus modelos y cantantes y reinas de belleza, estaba dedicado a cortejar a Copelia Arantza, la mayor, y por las tardes iba a visitarla. Sin desviar su camino para saludar a la ahijada de su madre y hermana de leche.

—Me cuidan el automóvil— recomendaba a los chicos del pueblo.

En cuanto a Clavel Quintanilla, soportaba su abandono con desparpajo. Durante el día trabajaba en el almacén de Alí Sufyan, quien la había colocado por recomendación de Teodora, en oficios varios. Limpiar estantes y mostradores, servir café, lavar los pisos, barrer el sardinel.

El dinero ganado, refunfuñaba, apenas cubría el arriendo y la leche de la niña. La comida seguía llevándosela Asisclo Alandete. ¿Cómo matar de hambre a una recién parida? Teodora terminó pagándole a Visitación Palomino para que atendiese las necesidades alimenticias de su vecina.

—La nena es hija de Galaor y necesita los cuidados de una madre bien nutrida.

Clavel, además, le enviaba papelitos con reiteradas peticiones de dinero. Una semana necesitaba medicinas, otra comprar pañales, y otras mandar a coser un ropón. Por las dudas escribía a nombre de *la nieta de Ramona Ucrós* y aunque decía no abusar, tampoco guardaba consideraciones.

—Es su obligación— se jactaba ante doña Argenis y la negra Visitación Palomino:— Teodora prometió cuidar a Galaor; y mi niña Esmaracola es hija suya. ¡Además, la desgraciada me suspendió el lavado de la ropa...!

Teodora trabajaba hasta los días festivos. A pesar de su herencia, seguía sin adquirir trajes nuevos o lápices labiales. Ni en sueños tenía tiempo para atraer al fugitivo. En cambio, los domingos por la tarde, Clavel, con su hija en brazos, iba a pasearse por la plaza en cuyo marco vivían las hermanas Arantza. Arreglada, pintada, contoneándose y segura de su poder. El dinero pagado por el turco Alí Sufyan (que en realidad era árabe) lo gastaba en brujas, pitonisas, lectoras del tabaco. Todos los viernes hacía cortar y pulir un trozo de alumbre para derretirlo entre la cuca y comentaba oronda,

—¡A todo hombre le gusta encontrar a su mujer apretadita y yo lo estoy! ¡de todo a todo!

Se bañaba con agua de romero, altamisa y jabón de cariaquito morado. Para la casa utilizaba riegos y sahumerios distintos cada día, a fin de espantar la mala suerte y traer el amor hasta su cama: Siete espíritus, Llamadera, Triunfo, Abre caminos, Amanzaguapos, Madre selva, Noche santa, Nido de macuá, Cuerno divino, Liga maridos. Había prometido viajar a Venezuela, al santuario de María Lionza, la Diosa del amor, si ella le dominaba a su hombre.

—¡Galaor vuelve, porque vuelve! ¡O no me llamo Clavel! ¡es mío y muy mío! ¡Ni Copelia Arantza, ni Teodora Vencejos tienen lo que yo! Y no me lo quitan —e imploraba—. Ayúdame, María Lionza!

La lluvia

El aeropuerto Eldorado estaba cubierto de niebla y una llovizna blanquecina peinaba la Sabana de Bogotá. El jet de *Iberia* sobrevoló la pista durante diez minutos y fue desviado a Cali. Un crudo invierno reinaba en todo el país y el tráfico aéreo era un caos. Teodora, que no había logrado despedir a Salustio Grimaldo en Puerto Rico, se vio sorpresivamente libre. El rey del café y la caña de azúcar, cuyas energías desbordaban, resolvió que las caleñas eran las mujeres más bellas del globo y enfiló (con los dinámicos guardaespaldas) tras unas gemelas espectaculares enfundadas en pantaloncitos ceñidos, los ombligos y muslos al aire.

Transcurrirían otras doce horas para que descendiese la escalerilla en el aeropuerto de Soledad. Fatigada, ojerosa, con el traje arrugado. A merced del calor agobiante de la Costa Atlántica.

—Uuuuuuyy si así como caminas, cocinas... ¡yo me como hasta las rilas!

—¡Ayyyy mamita...!

Todas las miradas flotaban sobre ella. Los hombres admiraban su piel desnuda bañada por el sudor, las axilas y hoyitos ácidos. Las mujeres prevenidas, desdeñosas, con esa suficiencia que reservan para las rivales muy bellas, pero en dificultades y sin un hombre al lado. Un grupo de excursionistas gringas reía abiertamente a su costa. En la calle, la lluvia caía torrencial.

Teodora reclamó el voluminoso equipaje, pagó al maletero y abordó un taxi matracoso, modelo *Ford* descontinuado desde el año cincuenta. Lo conducía un mulato de cabellos motosos y enorme sonrisa volada.

—¡Qué calor!

La blusa de seda transparentaba sus senos. El sudor anegaba sus corvas y vientre. Tenía el cabello y los calzoncitos pegajosos. Definitivamente, no podía presentarse ante Galaor y las hijas en semejante facha. Así que pidió al taxista la condujera a un hotel tranquilo —en Barranquilla— dónde reposar, ducharse, revivir a la mujer elegante que había salido de Madrid.

El taxista explicó que en Barranquilla llovía desde hacía horas y a su viejo automóvil se lo zamparían los arroyos que bramaban en las calles. Le aconsejaba, mientras tanto, hospedarse en Real del Marqués. Allí no había verdaderos hoteles, pero sí dos residencias aceptables. La casa de doña Argenis y El Hospedaje de la negra Visitación Palomino.

—¿Cómo?— Teodora estaba extrañada — Acaso no existe el *Hotel Ramona* de don Galaor Ucrós?

—Psss...sss— el hombre silbó entre dientes: —eso es un decir. Yo de usted, no me alojaba ahí. Mejor la casa de doña Argenis. Es limpia y con buena cocina.

—¡Qué calor!— volvió a exclamar Teodora.

—Pero el aire huele a gloria. ¡A lulos, a tamarindo, mango verde, guanábana...! ¡aayyyy! y un poquitico a cañandonga. Muy raro..., esta mañana olía a caca y barro.

Bajo los hilos parpadeantes del agua Teodora divisó al American Bar y su corazón palpitó intranquilo. Desde un coposo matarratón dos gatos mojados saltaron sobre el capó del taxi y se asomaron a mirar a Teodora por las medias lunas dibujadas en los parabrisas. El taxista giró hacía el interior del pueblo y estuvo a punto de estrellarse con un burro cargado con dos personas. Un jinete grande y rubio, descalzo, demasiado borracho para sacarle el quite al peligro,

—¡Hoooo! ¡Hoooo! ¡arre burro!

que vestía una camisa a cuadros negros y amarillos, abrochada únicamente hasta las tetillas; su estómago, blando y rosado, se desparramaba por encima del pantalón rotoso como un desmesurado flan. Sobre las ancas del animal iba una muchacha tan borracha como él, con un traje brillante, abrazándole posesiva.

El taxista dejó pasar al gordo que tambaleaba encima del burro. A Teodora le parecía vagamente familiar su rostro mofletudo, el bigote medio pelirrojo, la nariz respingona. Si hubiese visto sus ojos, tal vez el nombre acudiría a la mente. El borracho usaba un sombrero blanco, evidentemente carísimo, embonado hasta las cejas, y lentes ahumados.

—Hay gente suertuda—... comentó el mulato, mientras el del burro se alejaba, una mano sobre las riendas y otra empinando una botella de ron blanco.

Tuvieron que dar un rodeo antes de estacionar junto a la Calle de las Camelias en donde estaba la casa de Teodora transformada en hotel. El hogar donde Ramonita Ucrós la había criado a base de yuca, ñame, arroz blanco, café tinto y sustancia de hueso. Allí se había enamorado locamente del joven Galaor. Sin darse cuenta.

Había llovido toda la semana y el barro anegaba la calzada. El taxista, cuidadoso con su viejo automóvil, ayudó a Teodora a llevar el equipaje a Residencias Argenis, situada en la casa en donde años atrás vivía Clavel Quintanilla. La tienda ya no existía. En su lugar, un letrero anunciaba el hospedaje de la negra Visitación. El Hotel Ramona tenía su nombre en luces de neón y ofrecía Bar-Cafetería y menú internacional —con foquitos intermitentes— pero estaba cerrado.

Inquietos lagartos de sol jugaban entre las nubes. Los gatos aullaban haciendo el amor en pleno día. Lentamente florecían los matarratones. Un muchacho moreno y espléndido cargó las maletas de Teodora. En el modo de caminar se reconocía a Peruchito. Con tanta lluvia nadie había salido a trabajar y los residentes, fijos y de paso, se encontraban en el comedor. Consumían café y agua, limonada y avena fría. Cuatro agentes viajeros jugaban cartas en una mesa junto a la ventana. Eran dos paisas cabellones en camisetas, un costeño con guayabera de colorines y un cachaco en pantaloneta. En otra mesa dos impulsadoras de cosméticos bostezaban sin parar, con rostros infelices. Más allá, una secretaria se pintaba las uñas y confiaba a una tercera mujer, empleada de la Telefónica, sus amores fallidos. Las cuatro fingían ignorar el bullebulle de los felinos. Era una pésima temporada hotelera. Doña Argenis tenía desocupadas las alcobas principales, construídas recientemente, con baños privados y ventanales a la calle. Apenas echó un vistazo al pasaporte de Teodora. Y no la reconoció.

De pronto sonaban gorjeos y currucucús de palomas en los aleros. La lluvia cedía lentamente. Inquieta por el jaleo de los gatos, doña Argenis corrió a mirar sus periquitos.

—Extraño...— murmuró.

—¿Qué pasa?— la voz de Perucho sonaba atiplada.

—Estaban mustios y creí que tenían moquillo. Y ahora hacen lo mismo que los gatos ¡el amor!

—¿Qué?

—Ver para creer.

. A Teodora el hotel del frente, sin movimiento a media mañana, le producía inquietud ¿Sería a causa de la lluvia? El agua ya no caía a desplome, pero era imposible cruzar la calle convertida en torrente. El taxista, que se había marchado para guardar su vehículo, regresó como pollo mojado y con noticias insólitas. Los almendros de la plaza mayor, que estaban muriéndose el día anterior habían reverdecido y ya les apuntaban cogollos y flores. La gente salía a cantar y a chapotear.

De pronto uno de los agentes viajeros sintonizó Radio Melodía. Una voz untuosa cantaba,

En una llamarada
se quemaron nuestras vidas
haciendo mil pavesas
de nuestro inmenso amor

con mucho sentimiento. El costeño de la guayabera sacó a bailar a la telefonista y uno de los paisas cabellones pidió aguardiente y cerveza. Don Rufino Cervera que se devanaba los sesos en una mesa esquinera, con números, pesos y cuentas, tuvo una inspiración. Corrió a la cocina para hacer freir empanadas, carabañolas, arepas de huevo y choricitos. Al paso le sobijeó el nalgatorio a su mujer. Tenía ganas de movimiento.

—¡Viva la rumba!— gritó al catar el primer trago de ron caña.

Teodora, en un impulso, canceló una semana por adelantado sin darse a conocer. Doña Argenis

Cervera impresionada por el señorío y elegancia de la viajera ofreció llevarle un refresco a su habitación. No. No. Teodora no deseaba anticipar preguntas silenciosas y dijo que prefería un caldo. Lo saboreó en el comedor, en compañía del taxista, mientras los otros huéspedes bailaban mejilla con mejilla rozándose las piernas. Agentes viajeros y muchachas trabajadoras resplandecían de felicidad como si acabasen de arribar a sus propios cuerpos y deseos.

No revelarle su identidad a doña Argenis fue otro antojo irresistible. Un capricho insensato, igual que el viaje a destiempo. ¿Serían ramalazos intuitivos? Era una lástima —se dijo— que el doctor Amiel no estuviese presente. El sabría meterla en orden.

—Estoy inquieta— susurró, al regresar a la habitación. En su piel sudorosa aún quedaba efluvios de canela y esencias almizcladas.

El calor y el sonido de la música y la algarabía de los gatos la vencieron antes de tomar un baño. Y cayó agotada sobre una sábana ligeramente almidonada que olía a limonaria y a verbena. Los frescos aromas de su vida.

Con el corazón tembloroso y la imagen de Galaor Ucrós luchando contra la risa maliciosa del doctor Amiel, Teodora Vencejos se durmió.

Azahares y volantes

Cierto día, Clavel Quintanilla hizo cargar sus muebles en un camión de mudanzas y con su hija en brazos se mudó a la vencidad de las señoritas Arantza. La casa estaba junto a la plaza, tenía dos pisos, balcones, ventanas amplias. Desde todos los ángulos podía vigilar estrechamente a Galaor Ucrós, e insultarlo a grito herido, cuando en un nuevo automóvil rojo punzó acudía a visitar a Copelia, la mayor. Visitas efectuadas al estilo de tierra caliente, con las puertas abiertas.

Clavel solía enviar a la niña, bautizada Esmaracola, quien ya tenía dos años, vestida con ropa gastada de tanto lavarla, zapatos con dedos afuera y papelitos que decían *Necesito calzado, Quiero una muñeca, ¡Leche! Pan*. Aunque las mismas peticiones que ablandaban a Teodora, a quien pedía dinero con tenacidad de piojo cebado, no tenían ningún éxito. El romance seguía intacto.

Copelia Arantza, realmente enamorada y por consejo familiar, se mantenía inmutable ante los frenéticos paseos de Clavel, calle arriba y plaza abajo, los insultos, llamados a la piedad utilizando a Esmaracola, y hasta las amenazas de suicidio.

—Ni un paso atrás —decía la madre—. Galaor es tu novio formal. No permitas que una mala mujer te lo arrebate.

Mientras, Teodora, con su amor silencioso y sin esperanzas, trabajaba el día y parte de la noche. La renta de su herencia se volatilizaba apenas recibida debido a los impuestos de las fincas, las mesadas atrasadas de los jornaleros y las incontables deudas contraídas por doña Ramonita Ucrós, primero, y luego por Galaor, a su nombre. Además prestaba a las vecinas necesitadas y ayudaba al padre Imeldo Villamarín a reconstruir la maltrecha iglesia de Real del Marqués. Los fieles eran muchos, pero sin dinero y no muy dados a casarse. Bautizaban, confirmaban a sus hijos, celebraban primeras comuniones, pero la mayoría pagaba con una gallina, una carga de ñame o yuca, guineos o tamarindos. Y la parroquia necesitaba efectivo. La cúpula se caía a pedazos, la marianica y el comején invadían puertas, ventanas, confesionarios. Los santos lagrimeaban chinches. A veces no había ni para los cirios del altar mayor.

Teodora, además pagaba el incienso. Tenía esperanzas de conmover a la Virgen del Milagro y a San Antonio, sus benditos patronos. Domingo a domingo suplicaba... "¡Haced que Galaor regrese a mi cuidado!" porque, de otra manera ¿cómo podría cumplir lo prometido su madrina? Si era el caso, ojalá él desposara a la mayor de las Arantza, educara hijos, surgiera como hombre honrado ¿Era mucho pedir?

De la boda ya se hablaba en Real del Marqués y Barranquilla y hasta dicen que en Malambo, Usiacurí, Soledad. Copelia Arantza, que laboraba desde hacía siete años como secretaria ejecutiva en el Banco del Atlántico, afianzó rumores al presentar renuncia irrevocable del cargo. Preparaba su ajuar. Escogía casa y muebles. Hacía, rehacía listas de invitados.

—Me pregunto hasta cuando le durará la suerte a Galaor Ucrós— comentó el doctor Amiel, encargado del ponqué. Una fantasía con nueve pisos, corazones y flores rosadas, y los clásicos novios encima.

—¿Qué quiere decir, doctor?— inquirió Teodora.

—Galaor Ucrós tiene menos sentimientos que una cornisa o una estatua de sal. No pasa de ser un bonito semental. Lo único que sabe a ciencia cierta es tirar.

—¡Doctor no sea lenguaraz! Don Galaor tiene talento. Sabe tocar el piano y el violín

—Ojalá se case rápido y sea feliz— continuó Amiel impertérrito. —No lo merece, pero te lo quitarás de encima.

—Ni una palabra más— espetó Teodora.

Los deseos del doctor no llegarían al himeneo. Aquella boda tan sonada naufragó bajo el peso de la mala suerte. Preocupado por los intereses de Copelia, y como novio dedicado, Galaor la acompañó a retirar su cesantía de siete años. Luego, a ruegos de ella, quien debía acudir a una despedida de soltera, se dirigió a consignar el jugoso cheque en su cuenta personal de otro banco. Estaba citado con la señora Arantza y las hijas menores, esa misma noche en el Hotel del Prado, donde un grupo de exalumnas del Colegio Francés agasajaban a su prometida.

Galaor Ucrós, pobrecito, nunca llegó al Hotel del Prado. Lo asaltaron varios fascinerosos en plena calle. El cheque fue robado, cobrado el mismo día, él apaleado hasta morir. Sacado del mar en Bocas de Ceniza por unos bogas, fue cuidado durante días y días por almas caritativas. Cuando por fin escapó de la muerte, estaba demasiado aturdido para recordar. La dirección, casa, calle y apellidos de sus benefactores habían escapado de su mente.

—Con seguridad tales benefactores eran sobrinas de las Payares... ¡pobrecito Galaor Ucrós! ¡tan indefenso!— ironizó el doctor Amiel. —Escuché de una parranda que duró quince días con sus noches. Se descorchó whisky, vino dulce, aguardiente del Valle, y corrió el ron blanco como si fuese agua. Se mataron cerdos y gallinas. Hubo arroz con coco, posta negra y fritanga todos los días. El anfitrión la pasó en paños menores, jugando al póker y a los dados, y llevándose a la cama una a una a Leocadia y a sus falsas sobrinitas en riguroso turno y propiciando muchas vagabunderías. Dicen que tocó un solo de violín en cueros vivos,

—¡No sea mentiroso, doctor..!!— protestaba Teodora.

—Se tomaron fotografıas porque hubo una exhibición de palos mayores, con Galaor incluído y fuera de concurso.

—Ni oigo, ni entiendo.

En los mercados de Barranquilla y Real del Marqués, en las casas de mala nota y bares del Barrio Abajo y Rebolo, se vendía un álbum sobre el memorable certamen. Había fotos para todos los gustos y apetencias, pues a cada palo izado se unía una muchacha en almendra con manos anhelantes, y cara tapada, piernas abiertas, senos floreados ¡y a todo color! Se veían pajaritos rosáceos, a lo querube, bajo enormes tripas cerveceras; destornilladores con las puntas fruncidas y testículos amoratados en cuerpos atléticos; vergas triunfantes, como dulces vidriados, las testas circuncidadas; rabanitos morados con chácaras colgantes y pollas harinosas y trenzas hinchadas; y también delgadas lombrices. Había panes franceses y bolillos morenos y flautas y bumerangs y cojones abuñuelados y pálidos y venosos y de corte universal. La de Galaor Ucrós uuuuuuhh, muy toletuda, fortachona, rodeada de brillantes pelos colorados y rubios. ¡Del otro mundo! Por eso le decían pipí-de-oro. Tenía fama de dar durísimo y justo calentar en la ollita.

¿Cómo enseñar a Teodora semejante barbaridad? Así el álbum fuese un éxito de las ventas clandestinas, el doctor Manuel Amiel no fue capaz de utilizarlo. Tal argucia podría destruir a su rival, pero también incitar el odio de Teodora hacia él. En ira y despecho ordenó a sus ayudantes amasar un ponqué igual al solicitado por Copelia Arantza, sobre el cual depositó una pareja desnuda montada en un balancín nacarado. Mientras, el de bodas se enviaba a tiempo al Club Campestre donde tendría lugar la recepción. Una obra de arte culinario que, ironías del destino, le fue revendido a mitad de precio y exhibido después en la vitrina de su heladería-cafetería, atrayendo muchísima clientela.

Ambas tortas serían el comienzo de una promisoria carrera como experto en pasteles y afrodisíacos. Sus clientes, amigos y proveedores, con un pretexto u otro, comenzaron a encargarle pudines "distintos" y novedades, bocaditos dulces y salados, para fiestas privadas y encontrones románticos.

El doctor Amiel no había pedido silencio a sus ayudantes.

La boda de Galaor Ucrós y Copelia Arantza, reseñada por El Heraldo, Diario del Caribe, El Tiempo y El Espectador y El Siglo, que debía celebrarse entre arcos, lirios, azahares, terminó en tragedia digna de la ópera de Milán. Cuando la novia, entre encajes y tules, escoltada por sus hermanas menores Aída y Semíramis, llegó al atrio de la iglesia, fue atacada sorpresivamente por la Quintanilla.

—¡Quita maridos doosss.!!— gritaba al arrancar el velo y la coronita, transformando el peinado en nido de gallinas.

—Voy a llamar a la autoridad— dijo Galaor a sus amigos y abandonó el templo a todo correr.

Aterrados, padrinos e invitados no supieron reaccionar a tiempo. Clavel Quintanilla, enlutada hasta los zapatos, y a punta de manotazos, mordiscos y puntapiés, había dejado a la Arantza como una lazarina. La maniataron, sí; en un momento dado, pero olvidaron taparle la boca. ¡Y cómo aullaba!

—Estoy preñada de seis meses y el padre de mi criatura se llama Galaor Ucrós, ¡para que lo sepas! ¡Lombricienta! ¡langaruta! ¡quitamaridos! Mi nueva cama doble fue comprada con tu dinero ¡pendeja! ¿a qué no sabes a dónde fue a parar tu cesantía? ¡pregúntales a Leocadia Payares y a sus protegidas!

El nombre de Leocadia Payares fue demasiado para Copelia, quien ya sospechaba del asunto por las risitas, susurros, gestos, que escoltaban su paso cuando salía a pasear del brazo de Galaor. No olvidaba que los jugadores y vagos salían del American Bar, suspendiendo dados y chicos de billar, para mirarla. Y el cuento del álbum que había escuchado en el banco...

Su amor murió ese día. No y no. No viviría el resto de la vida aguantando a los hijos de Galaor, ni los insultos de la mantenida. Detuvo el primer taxi que circulaba y se marchó con sus azahares y volantes y tules hechos girones. Entre lágrimas, maquillaje apelmazado, subidos moretones. Al fin libre del amor que la consumiera durante años. Lo que demostraría muy pronto, al casarse con un gerente bancario que la cortejaba sin esperanzas.

Al regresar a la iglesia, con un cabo y dos policías, media hora después, Galaor encontró la nave vacía. Hasta el padre Imeldo Villamarín se había marchado.

Los pollitos

...yo estaba en la cama
de Catalina...
ella en su cama
yo en la cama de ella
ella lloraba

canturreaba una voz masculina cuando Teodora despertó hacia el amanecer bañada por un sol multiplicado en lentejuelas volátiles. Afuera los pájaros silbaban arrumacos entre las ramas mojadas de almendros y matarratones. El agua jugueteaba por las canales. Entreabrió la ventana y aspiró el aire oloroso a tierra húmeda, hojas y resinas. Desde el horizonte fluían oleadas azul turquesa. En el quicio de la ventana había nidos recién trenzados y huevos de color lavanda. La voz lamía golosa cada palabra,

ella lloraba
porque era doncella
yo también lloraba
pero encima de ella...

y Teodora vaticinó un día perfecto, mientras tomaba una prolongada ducha.

En el comedor los huéspedes la saludaron con sonrisas cómplices, unidos en parejas. Agentes viajeros y telefonistas, agentes viajeros y vendedoras de cosméticos, enfermeras y funcionarios. Manos sobre manos, ojos chispeantes y piernas arrimadas. Bocaditos que iban y venían sobre los manteles,

—¿De quién son trompitas untadas de huevo frito?

Teodora, con un sencillo traje de algodón blanco y sandalias cómodas, fue sorprendida por el taxista, quien le obsequió un ramo de rosas cecilitas.

—Florecieron durante la noche y de un palito reseco...— explicó —y huelen igual a usted. ¡Estoy a su mandar! Me llamo Durango Berrío.

—Extraño... —dijo doña Argenis que servía el café— huelen igual que una amiga mía. Anoche soñé con ella.

—¿A dónde vamos hoy, señito?— preguntó el taxista mientras Teodora terminaba el desayuno.

Las calles eran un barrial y tardaron media hora en llegar a la central telefónica, situada en la plaza. Tampoco resultó sencillo hablar con Madrid. Toñi, el ama de llaves del doctor, respondió llorosa. Amiel había suspendido el viaje a Berlín y estaba encerrado en su despacho. Sin tomar ni gota de nada.

—¿Qué le pasa? ¿Está loco?

—No pasará bocado hasta que usted regrese.

—¡Tengo derecho a visitar a mi marido!

—Quiere suicidarse.

—Por mí..., ¡adelante!

Teodora colgó la bocina disgustada. Amiel era un auténtico dictador y la trataba como a una esclava. Ya era hora de liberarse. Tendría que hacerlo. Pero, ¿la reconocería Galaor? Ella no podía dudar... ¿Acaso no eran una sola persona, un único amor, un alma? Al pasar por el almacén de Alí Sufyan aceleró el paso y no miró hacia el interior. Tanto el turco (en realidad, árabe) y su esposa Zulema, tenían ojos de mercaderes y podrían armar una alharaca. Y el descubrir a Teodora, su Teodora, bajo una mujer elegante, era sorpresa destinada a don Galaor

Las calles hervían. En el cielo rodaban fieros nubarrones y el viento incipiente anunciaba agua. Durango, cauteloso, no se atrevió a introducir su matracoso automóvil en la Calle de las Camelias —hundida entre altos pretiles— por si el agua se desgajaba con fuerza. Galante, acompañó a Teodora hasta Residencias Argenis.

—¿Cuánto te debo?

—Nada, señito.

—Insisto. No puedes trabajar de balde.

—Entonces, cómpreme la suerte. Anoche soñé con ochos y sietes. Necesito un taxi nuevo y pagarle un dinero al joven Perucho.

Recorrieron el pretil hasta encontrar a un lotero y en lugar del ochenta y siete ella se decidió por el setenta y ocho. Durango quería una fracción, pero Teodora adquirió el billete entero:

—Con dos condiciones: la mitad del billete es de Perucho, y ahora debes acompañarme al Hotel Ramona.

—¿Y eso para qué, seño? Mejor está donde está.

Atravesaron la calle sobre tablones para no caer en el barro, mientras una mujer alta, con grandes caderas, brazos y piernas como almohadones, y rostro alunado, entraba en ese momento al hotel. Seis niños entre once y tres años caminaban a lado y lado. Dos agarrados a sus manos y los otros a sus faldas.

—Buenas, doña— saludó Durango.

—Buenas— respondió la mujer con desdén.

El rostro se le hizo familiar a Teodora. Ella había visto el brillo triunfante de aquellos ojos, la expresión de hembra satisfecha, el desmesurado orgullo. Sin embargo, no se atrevió a preguntar ¿quién era? No deseaba alertar al taxista sobre su identidad.

—Hay unas con suerte...— le informó Durango. —Así no la merezcan.

En la terraza, una criadita flacuchenta barría las hojas y el fango arrastrados por el aguacero. Teodora vio a su hija Esmaracola. Descalza, con una franela pegada a los senos y diminutos pantalones que dejaban al descubierto recios muslos ¡había crecido mucho en tres años! ¿o eran cuatro? Se mecía en una hamaca colgada entre dos columnas mientras leía una foto-novela y comía despreocupadamente mamoncillos, arrojando pepas y cáscaras sobre las baldosas importadas de Italia, a la calle, junto a la escoba.

—¡Es el colmo!— exclamó Durango —¡Oye, Mara! No seas mala clase. Así es que se tapan las alcantarillas.

—Tú no te metas, viejo fundillón— repostó Esmaracola, lanzándole una pepa a medio chupar, esquivada hábilmente.

—Disculpe, seño— Durango miró avergonzado a Teodora. —Este no es sitio para usted. Mejor volvemos otro día.

—¿Qué pasa aquí? ¿Es o no un hotel?— preguntó ella.

—¿Hotel? ¡Ja! ¡Es un decir!

—No entiendo.

Durango Berrío sonrió malicioso enseñando sus dientes volados y con una corona de oro.

—El *Hotel Ramona* es hotel cuando aparece la mujer legítima de Galaor Ucrós que vive al otro lado del charco, en las Españas. Yo ni siquiera la conozco. Hace no más dos años que vivo por aquí.

—Sigo sin entender.

—Con el Hotel, don Galaor le saca plata a su esposa. ¡Ahí está el negocio! Y mejor nos vamos, doñita. Es hora del almuerzo y nada bueno hay aquí de comer.

—Quiero verlo todo. Almorzaremos aquí.

El vestíbulo estaba sembrado de cáscaras de mango, envolturas de chicle y periódicos mojados. En la recepción, Demetria veía televisión. Ni por un momento apartó los ojos de la telenovela del medio día, cuando Durango preguntó si el comedor estaba abierto,

—Si a mamá le dió la gana, sí. Aunque no lo creo.

Allí había mesas con manteles a cuadritos, copas para el agua, floreros con claveles plásticos, alineadas contra la pared y los ventanales que miraban al jardín y la terraza. Una fina capa de polvo lo cubría todo. Flores secas de matarratón y tupidas telarañas colgaban de los rincones. En la mesa más grande, sin mantel, almorzaban los niños que Teodora había visto con la mujer alta de grandes caderas y rostro alunado. Los dedos zampados en el caldo del sancocho, comiendo a tirones la carne de costilla, lanzando trozos de yuca y plátanos verdes. Reían, empujaban, hacían morisquetas a Teodora. El menorcito trepó a una silla y bajando sus calzones comenzó a canturrear con meliflua vocecita /Los pollitos dicen, culo culo/ culo culo/ Sobre dos bancos había una pila de sábanas y trapos sucios que despedían un fuerte olor a orines. Pero, olores aún más fuertes emergían del interior del hotel, del mismo sitio en donde Ramonita Ucrós (nacida De Céspedes) tenía su baño, el ropero y tocador, una sala para coser, hacer cuentas, escuchar música.

Nadie acudió a atenderlos, ni a preguntar qué deseaban para almorzar. Por los ventanales abiertos y en el descuidado jardín, Teodora contempló la fuente española comprada en Sevilla y transportada por barco, convertida en un lavadero. En medio del pastizal y las malas hierbas que ahogaban las rosas y las flores del jazmín, entre botellas vacías y cajas rotas, un viejo comía en una silla de lona, bajo los ciruelos que Teodora nunca permitió derribar. Descalzo, espatarrado, sacaba sardinas de una lata gigante. La grasa corría por la comisura de sus labios y por sus bigotes, pero él la limpiaba con trozos de pan que luego engullía vorazmente. En sus ojos medraba la memoria de muchas, muchísimas hambres atrasadas y la plena satisfacción de saborear su alimento favorito. Teodora sintió alternativamente vergüenza y alegría por él.

—¡Esto sí es vida!— exclamó guiñando los ojos ladinos, mientras brindaba con una cerveza glu glu.

—Es el suegro de don Galaor. Trabajó toda la vida en el mercado de Barranquilla, cargando bultos. Ahora descansa, y se atraca a más no poder.

Y como el rostro de Teodora se blanqueara de incredulidad, Durango Berrío explicó.

—El padre de la otra mujer, la querida de don Galaor. Tienen siete hijos y dan un escándalo mensual. Como él es tan goloso de las mujeres...

—¿Es que tiene otras mujeres?

—Una novia formal en el marco de la plaza, la menor de las señoritas Rosales. Otra moza con tres hijos por los lados del puerto. Y ahora está estrenando capricho— el taxista comenzaba a solazarse.. —¡De buenas!, una polilla que se emborracha con él y le sigue las juergas.

Teodora no escuchaba los pormenores. La claridad avanzaba en su mente, como si le hubiesen aplicado un ungüento mágico para curarle la ceguera.

—¿Dónde está don Galaor ahora?

—¿Quién lo sabe? Aquí o donde su otra querida, ya debe roncar en plena siesta. Hace mucho calor y a mi me suenan las tripas... ¿nos vamos?

—Aún me falta— dijo ella.

Salieron del comedor, sin que los niños mermaran el desorden o afuera el viejo interrumpiera su gozosa comilona. En la cocina ya el ajetreo había pasado y una criadita fregaba el enorme caldero del arroz. Ni siquiera volteó a mirarlos.

La mayoría de las habitaciones del segundo piso, diez del lado del patio y diez hacia la calle estaban cerradas. El espantoso olor emergía del fondo, del salón de música y televisión, un sitio que Teodora había soñado al milímetro, con sus reposeras, revistas surtidas, un bar con los mejores licores. Junto al nauseabundo olor, la bullaranga y los gorgoteos crecían.

—¿Qué es lo que suena, qué?

Durango Berrío se limitó a mirarla desolado.

En el corredor había una mujercita de cabellos tinturados de rojo, con un traje verde botella; el pie derecho entre una artesa de agua jabonosa y el otro sobre una silla. Una manicurista le pintaba las uñas garrudas con esmalte rojo amatista.

—¡Sigan, sigan...! ¡adelante!— invitó —yo tengo las mejores pollonas de toda la costa. Si hasta vienen a comprarlas desde Barranquilla y Cartagena. Y hay huevos frescos si lo desean.

El salón no respondía a su nombre. En lugar de muebles, televisor, equipo de sonido, lo ocupaba un gallinero. Los cubículos y comedores llegaban hasta el cielo raso. El piso estaba lleno de paja. Los pollitos volaban de un lado a otro y, en una gran canasta se amontonaban los huevos recogidos del mismo día.

—De puro alimento— dijo la mujercita —¿Cuántos quieres, Durango?

—Cuatro docenas— dijo Teodora, como si quisiera apurar la yema y clara de la hiel.

—Te los mando esta noche. Cuando me acaben de arreglar.

—Bonito gallinero.

—Gracias a mi hija Clavito... Como a ella el ajetreo del hotel le importa un pito, me deja tener un negocio propio. Ella es muy buena hija.

De pronto, unos alaridos feroces rasgaron la quietud de la tarde. Una voz de mujer acezaba... "¡Auxilioooo ayyyy ayyyaaayayy no puedo más! ¡Házmelo yaaaa! ¡que asíííí! y con unos síees y ayeees capaces de helarle la sangre al más pintiparado.

Succionada por los ayeeees Teodora abandonó el gallinero y corrió pegada a las barandas deslucidas del corredor, hacia el fondo de la casa, hacia donde Ramonita Ucrós (nacida De Céspedes) había tenido alcoba, sala para visitas íntimas, altar para velar a san Judas Tadeo y santa Rosa de Lima, "¡ayyyyyyyy me muerrooo ya! ¡ya! ¡lo quiero ya!"

La alcoba en penumbra, con los postigos cerrados sobre las ventanas forradas con anjeo. La gran cama seguía dominándolo todo. Allí, bajo el mosquitero, el hombre gordo que Teodora viera montado en un burro, hincho de ron blanco, se agitaba todo vientre nalgas y grasa, entrepiernado a la mujerona de los brazos como almohadones. El en cueros y ella con el traje subido hasta el cuello, resoplando como focas sobre las sábanas coloradas. Del tripaje blando y regado en varias masas se alzaba un palito medio agachado, mientras la mano-Galaor escarbaba entre el negro erizo de Clavel; ella quejándose y también buscando bajo las enormes esferas en donde el ombligo sobresalía como otro palito encogido.

—Galaor...— musitó incrédula Teodora...— ¿y ella? ¿Quién es?

—Clavel Quintanilla, la querida.

Teodora contempló ensimismada al hombre de sus sueños, al bello Galaor, a la herencia recibida en el lecho de doña Ramonita Ucrós. ¿El príncipe azul? ¡que va! ¡era un cerdo recién escaldado, raspado y untado con bicarbonato y azafrán! Un cuerpo en balde como había dicho el doctor Amiel. Teodora huyó de la habitación azotada por una risa imprevista que ardía en la base de sí misma y subía desde sus entrañas y le abrasaba el paladar. ¡Noo, nooo! Ese montón de gordana no podía ser su hermoso Galaor

Ucrós, imposible ¡Ese-ese ese ese! Ese atado de manteca y menudillo ¡No! ¡Alguien mentía! O la vida, o aquella risa que amenazaba con desarticularla.

—Seño señitooo— gritaba Durango Berrío...— ¿Qué le pasa mi seño?

La risa era caliente, traicionera y cosquillosa, y se le metía a Teodora entre los muslos y los orificios de las orejas. Trepaba por sus caderas, ardía en el pubis, entraba como flecha en su corótica. Ella reía y reía locamente, mientras se quitaba la blusa, la falda, los interiores de fino algodón, las sandalias. ¡Hasta su piel estaba de sobra!... Y lanzaba prendas al aire y al rostro de Durango Berrío, quien corría también por las estancias y escaleras del hotel, hasta la salida.

—Ayúdela, don Perucho.

En vano Perucho Cervera, movilizado por la gritazón, salió a la puerta de residencias Argenis a recibir a Teodora. Ella, retozona y biringa, giraba como un trompo sobre los anchos tablones que unían ambos pretiles, espléndida en su risa y desnudez, mientras propalaba a los cuatro vientos...

—Galaor Ucrós ya no tiene pipí de oro... ¡ya no!

y caía, leve y grácil, con sus quince kilos de menos, entre el barro jaspeado de gris y terracota que se escurría por la Calle de las Camelias.

Mefisto

Teodora no recibió invitación para la boda de Copelia Arantza y Galaor, pero escuchó hablar del espantoso final en la plaza de mercado y lloró a mares por la suerte del novio. No; no. No le era posible comprender, ni siquiera imaginar los tortuosos sentimientos de una muchacha capaz de burlarse de un hombre tan bello, inteligente y tierno, como el hijo de Ramonita Ucrós.

¡Y qué chismes circulaban! Que si los novios probaron antes el pastel y frecuentaron hotelitos en la carretera al mar, y por lo mismo a Copelia no la convencía la alabada flauta de oro que tanto enorgullecía a Ucrós. ¿Dónde estaba su música? ¿Su dureza metálica?, se había preguntado. Lo mejor de aquel instrumento lo sorbía la Quintanilla y hasta dejarlo seco. Y ella, Copelia, no quería en su cama un pito aguado...

—¿Si supo las nuevas, seño Teodora?— le preguntaban, condolidos, los pescadores, mientras limpiaban barbules, bocachicos, mojarritas.

—No. No sé nada.

—Ese hombre suyo necesita fósforo, seño. Pa' contentarla a usté y a la de los claveles. ¿Qué pescado quiere hoy?

—No quiero nada.

—¡Nada! Sí le llegó el turno, doñita...— las vendedoras de ceviche y ostras se palmeaban las caderas con descaro —Si no le apura, le quitan el marido. Mire que al hombre hay que darle poteca y alimentarlo con manteca y sal... ¿Usté tiene el hornillo caliente, no? ¡Así que apúrese! Hay mujeres que comen más que las pirañas. Se suerben un hombre ¡zas! como a un mejillón. Y si usté no hace la lucha...

Teodora se marchaba sin terminar sus compras. Estaba horrorizada, porque bajo la compasión experimentaba una alegría desbordante. Su amor secreto se deshelaba y sus deseos (no expresados, ni soñados) le tenían la almeja como pulpa de mamey frotada con ají pique y pimienta de olor.

Debido a tal fuego, que la obligaba a bañarse tres y cuatro veces diarias, Teodora no fue a la Policía al descubrir el robo de las joyas, desaparecidas como por encanto. Y no quería incriminar a Galaor, la única persona —después del padre Imeldo— que conocía el escondite bajo el piso de la sala. ¿Y si no era él quién las había tomado, quién? Pertenecían a doña Ramonita y un hombre herido puede hacer disparates, como robar, suicidarse, dedicarse al juego o al ron gordolobo. El era demasiado inocente como para pensar en la coca o la engrifada. No obstante, creía ella, corría el peligro de perder la razón.

Una noche, al regresar a casa, encontró las valijas de Galaor —con sus iniciales repujadas— sus palos de golf, sus raquetas de tenis, su nuevo piano vertical y su violín. Era obvio que pensaba establecerse nuevamente en Real del Marqués, ¡tan tierno! pensó Teodora. El ridículo y la afrenta sufridos por el fallido matrimonio ante sus amistades elegantes eran excesivos para él. Adolorido, corría a refugiarse en la casa de sus mayores y junto a su hermana del corazón.

No lo veía. No. Era como vivir con el hombre invisible. Tres, cuatro semanas, escuchando la puerta de la calle y la puerta de la alcoba cerrándose al amanecer. Suficiente para saborear a solas, tendida sobre una cama estrecha, un exceso de felicidad. Sentíase levitar y desaparecer alternativamente, como estrella flotante o el pétalo de una rosa estrujada por el ventarrón. No lo veía; no. Encontraba sus camisas, cambiaba su cama, perfumaba el aire de la casa para demostrar su afecto. Y Galaor sin escribirle siquiera una nota. Avergonzado, triste, se negaba a enfrentarla. Y ella sin poder consolarlo, ni llevarle el café o tenerle mesa siempre lista, como en tiempos de doña Ramonita. ¡Una lástima! Pero tenía que trabajar. Tomaba un bus hacia Barranquilla en la madrugada, pues muchos ejecutivos y secretarias desayunaban en las cafeterías del doctor Amiel, y ella supervisaba la preparación del pan, los bizcochos, la miel de frutas, las ensaladas frías, codo a codo con el jefe.

Absorta en su humilde, callada felicidad, no supo que la gente había comenzado a murmurar, denigrar, arrastrar sus más nobles sentimientos en el polvoriento sofoco veraniego de su calle, su barrio, los linderos establecidos —desde la Colonia— del asentamiento llamado Real del Marqués.

—Yo de ti, echaría a ese tipo a la calle— dijo una mañana el doctor Amiel.

—¿A quién?— se crispó ella.

—¿A quién será? Al cuerpo en balde de Ucrós. Vive a tus expensas. Y ha empeñado las joyas que heredaste de tu madre. Ahora se las tira de hombre herido, que lloriquea en los bares y canta rancheras y tangos adoloridos ¡teatrero!

—¿De qué me habla, doctor? Exijo respeto.

—¿Respeto? Tu reputación anda por los suelos. Aunque a mí, me gustas así tal cual. No es culpa tuya. Naciste cándida. Pero, la otra gente no piensa igual.

—Basta. ¡Cállese usted! Si tengo dudosa reputación se la debo a esas monas encueras que horneamos para hombres sin Dios ni ley.

El doctor Amiel suspiró, avergonzado de sus arranques, sus celos, su amor. En verdad, comenzaba a adquirir una fama terrible, por culpa de esos amigos que le encargaban pudines excitantes. Venus descaradas, mariposos nalgones, cucas gigantes, tetas decoradas con rombos. Y pitos de variados estilos.

—Soy un profesional. No puedo decir “no” a buenos clientes.

—¡Mejor se calla...!

—Está bien me callaré— y en un gesto rebelde magnificó la línea del sexo en el pudín-mujer que decoraba minuciosamente.

¡Fue un gesto profético! Pronto su nombre saldría en los grandes diarios y saltaría de la crónica roja a las revistas de farándula y el corazón. Hasta a libros de cocina y glamour.

—Me marcho a casa— dijo Teodora, que no cumplía oficialmente un horario riguroso.. —Nadie puede obligarme a trabajar para un depravado. Si usted no suprime la amasada de viejas panochas, yo lo abandono, doctor.

—¿Así es la cosa?

—Sí.

El doctor tenía el diablo alborotado. Odiaba cordialmente a Ucrós y decidió, sin importar el precio, arrebatarle a Teodora. Día a día llegaban las cuentas; que si trajes, zapatos, artículos deportivos, que si vales en tiendas y aún colmenas del mercado ¡Galaor Ucrós no tenía lleno! Y ella, la muy estúpida, únicamente sabía decir,

—Está bien, doctor. Yo pago. Es mi obligación. Y por favor me lo descuenta del sueldo.

Así se hacía. Se descontaban veinte o treinta mil pesos al mes, y el resto seguía en aumento.

—¿Así que te marchas, eh?

—Lo dicho.

—Muy bien, como quieras. Pero antes, dile a tu precioso Galaor que pague cuanto me debe. O de lo contrario, yo...

Teodora lo vio todo rojo y solferino. Dijo,

—¡Se le pagará hasta el último centavo! ¡No faltaba más!— y retadora: —¡Y las joyas eran de mi madrina Ramonita Ucrós!

Fue entonces, cuando al doctor Amiel se le corrió la teja y, en menos de treinta días, echó por la borda su prestigio como pastelero y propietario de las cafeterías y heladerías más afamadas del litoral atlántico. Cerró sus establecimientos a cal y canto, pero exhibió en las vitrinas atractivamente decoradas una estrafalaria mercancía. Nada de bizcochos, ni milhojas, brazos de reina, sino una colección de nalgatorios, cerrados y abiertos, con hoyitos marcados y hasta con pipas y tabacos reales como adornos, y con una única leyenda que anunciaba al mundo *La vida me importa un Culo.*

¡Y faltaba lo peor! A las bodas comenzaron a llegar tortas monumentales adornadas con novios fifando ardorosamente y pipís arrogantes y guirnaldas formadas por pepas anticonceptivas, vulvas y hasta condones verdaderos, y las rosas de azúcar eran teticas con los pezones rodeados de fruta cristalizada, y hasta se atrevió a colocar maripositas que no tenían antenas sino fifos con testículos en miniatura. Y bocas y lenguas que lamían lo que...

—Se le fue la mano al doctorcito— se dice que dijo la esposa del alcalde.

—El tipo tiene una arrechera de película— comentó su íntima amiga, que no tenía tantos rubores.

Ambas asistían a una reunión citada por el comité de Amor a la Ciudad, cuyas socias eran damas principales, monjas, amas de casa, profesionales y una que otra intelectual de avanzada. E, inflamadas de patriotismo, aceptaron marchar por las principales avenidas con pancartas y letreros alusivos al corruptor de castas muchachas y novios educados bajo severos principios, al malvado repostero capaz de pervertir elementos tan sencillos como la harina, la leche, la mantequilla, los huevos. Al Mefisto que realzaba una verdad de a puño: ¡los enamorados al fin y al cabo, no se desposan para para darle gusto a la sociedad, sino para tirar a puerta cerrada! ¡y sin cortapisas!

El proyecto de las damas se filtró en minutos y alertó a las admiradoras y partidarios del doctor Amiel que, hasta el momento, se mantenían en la sombra. Una nutrida multitud invadió las calles el día de la manifestación, con orquestas y papayeras, en un carnaval improvisado. Todas las locas y féminas de dudosa ortografía se hicieron presentes enarbolando pantaletas y sujetadores y calzoncillos de colorines. Iban a pie y en carrozas, pues a toda carrera habían convocado a las reinas de los gays y las doñas de la acera izquierda, y nombrado princesas de los moteles, casas de citas y espectáculos de travestis y desnudistas. Bailaban samba, mapalé, lambada, y danzas del ombligo y la popa. La multitud, además de rendir tributo al rey Momo, llevaba en andas a una pareja feliz (elaborada con papel maché y harina y colorantes), el emperador Priapo y la reina Cuca, a punto de fusionarse alegremente.

Al encontrarse las dos manifestaciones, en pleno Paseo Colón, damas, locas, putas, monjas, exhibicionistas, y muchas aves de distintos plumajes, se trenzaron en una batalla monumental, sin que cesara de circular el ron, el whisky, el gordo lobo y el maniculiteteo, con lo cual el asunto se complicó. La esposa del alcalde y su amiga Bedelia fueron emborrachadas por el ácido ambiente y las vieron tongonearse con las tetas al aire. El alcalde tuvo que solicitar la intervención de la Policía.

Todas, todas, consideraron que los uniformados se metían donde nadie los necesitaba y la emprendieron contra ellos a taconazos, empellones, besos, mordiscos, lengüetazos, sin respetar caras, panzas, rodillas, o traseros. Inclusive, la Madre Consolata de las Hijas del Señor, doña Digna Grueso, esposa del gobernador y doña Angeles Natera, esposa del alcalde, intervinieron en la furrusca. Las tres terminaron en la cárcel municipal, confundidas con las muchachas que vivían en casas como "Las Mironas", "El Pirulo", "La Chicle" y "Juanita Banana" y otras por el estilo. Ni siquiera se salvó doña Bedelia Afanador, íntima amiga de la alcaldesa... ¡No! confundida entre la multitud, terminó apercollada con el dueño del bar *Suavecito* liada en un manoseo primero y un coge coge desaforado después... Se fue a vivir con él, a pesar de sus hijos, su posición y sus pergaminos... ¡qué vida!

Así, pues, el doctor Manuel Amiel fue expulsado de la ciudad por constituir la semilla y el huracán del desorden. Un edicto gubernamental le prohibió vivir en el departamento, por espacio de cinco años, como reo de faltas a la moral, escándalo público e intentos de corromper a las damas de la sociedad local y nacional.

Y entonces, el sentenciado, que no había asistido a la manifestación, y mientras preparaba su marcha hacia el destierro, decidió pasar a Teodora Vencejos sus cuentas de cobro.

Morir de amor

Tendida en una cama de hierro, sobre un colchón inflable y sábanas mojadas, Teodora Vencejos abrió los ojos y sonrió al vacío. A su lado, la esposa de Alí Sufyan, Zulema, le enjugó la frente con una toalla empapada en agua helada.

—Despierta, por favor...— suplicó.

El calor fluía desde las curvas y orificios del cuerpo desnudo, copaba el recinto, hervía bajo el piso, huía por las ventanas abiertas y colgaba invisible de las acacias y matarratones sitiados por el lodo medicinal que invadía la Calle de las Camelias transformada en centro de atracción turística.

Zulema Sufyan tenía la garganta reseca. El sudor le corría por las espaldas, las palmas de las manos y los muslos, empapando su traje de etamina. Por ella, estaría tan desnuda como Teodora Vencejos; pero, Alí era demasiado celoso y ¡jamás se lo hubiese permitido!

—Despierta...— tornó a suplicar.

Teodora, como otros días, como había hecho durante un año, desde el momento en que cayera en aquel profundo sopor, la miró un instante sin reconocerla. Después se incorporó con lentos movimientos de ciega y sus ojos se posaron en dos lagartos azules que frotaban sus vientres contra el anjeo de la ventana, quizá mirándola, quizá olfateándola, completamente embelesados.

—Preciosos...— murmuró para sí.

Fue hacia la ventana, retiró la falleba que ajustaba el marco y rodó la tela de anjeo. Los lagartos treparon por su brazo izquierdo, retozaron sobre su nuca y hombros, emitieron jubilosos silbidos, trenzaron sus colas, tornaron al marco de la ventana y se aparearon en un delirio azul-iridiscente, como si las pupilas de Teodora ejerciesen sobre ellos influencia lunar.

—¿Cuándo despertarás realmente?— preguntó Zulema.

La brisa del atardecer se llevó a la pareja de lagartos. Con el crepúsculo la fiebre de Teodora amainaba y los turistas, que tomaban baños de agua y lodo medicinal en el improvisado balneario, comenzaban a retirarse. Doña Argenis Cervera entró llevando entre los brazos sábanas limpias. Tras ella, Visitación Palomino empujaba un carrito con el único alimento que el estómago de Teodora soportaba ¡extraña casualidad! ese caldo concentrado de pichones que en casa de doña Ramonita Ucrós estaba reservado para Galaor. Y exactamente lo recetado por el médico, Nemesio Donado, quien acudiera al llamado presuroso de la familia Cervera, un año atrás, cuando al sacar del barro a la hermosa desconocida y practicarle respiración artificial, Perucho creyó reconocer a Teodora.

—Efectivamente es ella— dictaminó el doctor Donado, que asistió a su nacimiento, le cuidó las paperas y catarros esporádicos.

—¿Qué tiene?— preguntaron en coro los tres Cerveras, Perucho, doña Argenis, don Rufino.

—Son varios males...— dijo—. Tiene calentura, seguramente se le alborotaron las amibas por el cambio de clima. ¿Acaso Teodora no vivía en España? ¿Desde cuando está en Real del Marqués? ¿Y el marido? Ella ha sufrido un shock. Ni un terremoto puede despertarla ahora. Y mejor que duerma. ¿Desde cuando está así? ¿Cuáles son sus motivos? ¿A qué le tiene miedo?

—Razones no le faltan a Teodora— doña Argenis contó los hechos del regreso. —Hay que respetar sus deseos. Si quiere ocultar su presencia a Galaor Ucrós, ése no es problema nuestro ¡Chitón! Que nadie descubra su verdadera identidad.

En ese momento los gritos de Durango Berrío alertaron a los dueños y huéspedes de residencias Argenis,

—Perucho... ¡Nos ganamos la lotería...! ¡Nos ganamos la loto! Somos millonarios. Millonarios a lo grande. ¡Y ella nos trajo la buena suerte!

—Ella es Teodora Vencejos— a doña Argenis se le aflojaron las mandíbulas. —Galaor Ucrós no tardará en detectar su presencia.

—Entre más tarde, mejor— anotó Donado —Hay que esperar, confiando en Dios, que despierte con bien. Debe tomar agua hervida o mineral. Evitar las cóleras y los fritos. Y tomar sus remedios juiciosamente...— trazó la receta con su letra de médico sesudo, de gran experiencia, y recomendó también caldo de pichones.

Ocho días después, Teodora continuaba sumida en un sueño extraño, del cual emergía únicamente el atardecer para continuar en otro sueño de ojos abiertos y escasas palabras. Asustado, el doctor Nemesio Donado solicitó la ayuda de don Orígenes Palma, un homeópata titulado, quien recetó tintura madre de caléndula, nux vómica y chamomilla en glóbulos, sin obtener ningún resultado visible ¿Qué sucedía? Las raíces del mal parecían insondables.

A escondidas y por la puerta de atrás, Perucho Cervera y Durango Berrío trajeron a un hierbatero, el célebre Ofir Macaón, que sabía desterrar alimañas de los potreros y cálculos de la vesícula, curar el mal de ojo y la impotencia precoz, sanar huesos y renovar virginidades. ¡En vano! el hombre admitió que la enfermedad de Teodora Vencejos superaba sus facultades.

—El veneno se lo ha administrado ella misma. Y mi saber no llega hasta el alma de la gente.

Solamente Luminosa Palomino, la hermana mayor de la negra Visitación, sacerdotisa de María Lionza en toda la Costa Atlántica, no titubeó al decir,

—Ella se muere de amor. Se muere lentamente.

—¿Y el remedio?

Luminosa, que había sido elegida por la diosa del amor en sus años maduros y aprendió a leer trabajosamente con cartillas e historias sencillas, para servir mejor a María Lionza, habló en su léxico de romance infantil,

—El remedio de la bella durmiente del bosque. Solamente un beso de pasión logrará despertarla.

—Entonces, hay que llamar a Galaor Ucrós— decidió don Rufino Cervera. —Teodora está enamorada de ese Juan para nada. No hay otra cosa qué hacer.

El asunto era tan espinoso y delicado que don Rufino Cervera atravesó los tablones para hablar con su vecino. Quiso hacerlo en secreto, pero ya en el *Hotel Ramona* estaban alerta debido a la agitación reinante en Residencias Argenis. Las entradas y salidas del médico, el homeópata, el hierbatero, y la sacerdotisa de María Lionza disgustaban a Clavel Quintanilla, nuevamente embarazada. Temía que la extranjera hubiese sido picada de machaca (como decían las malas lenguas) ese animalito cuyo veneno despierta incontrolables ardores amorosos y que, enloquecida, colocara sus hermosos ojos en Galaor Ucrós, acostumbrado a detectar ganas a distancia. Galaor, su veleidoso marido —no legítimo— pero marido aceptable y padre de sus hijos.

—¿Y a usted que se le ofrece?— se plantó altanera ante don Rufino, sin permitirle subir al pretil, ni entrar a la terraza,

—Necesito hablar con Galaor.

—¿Cómo para qué?

—¿Dónde puedo encontrarlo?

—Ni sé, ni me importa.

Los tablones eran estrechos. Don Rufino Cervera un jayanote, y la Quintanilla enfurecida porque Ucrós se había escapado el día anterior y le habían visto en el mercado detrás de unas muchachas recién llegadas de El Morro, —la nueva Venecia— que olían a pescado a kilómetros y alborotaban con meneos y brinquitos de sirenas lacustres a los mujeriegos y putañeros irredentos.

—Dile que necesito hablar con él. Es urgente.

—¿Decirle yo? ¿decirle qué? ¡Vete al morro!

Grosera y celosa, la Quintanilla comenzó a chancletear sobre la frágil pasarela ladeada por el transitar de los vecinos. Don Rufino Cervera, sudoroso y corpulento, tambaleó ante un certero empujón de las fértiles caderas. Entonces la madera podrida cedió y ambos rodaron al lodo aparatosamente, el como oso de plomo y ella enseñando que a su rotundo embarazo no le cabía ninguna talla de bragas.

—¡Socorroooo!

Con aquel socorro a dúo fue iniciada la era dorada de Real del Marqués que se convertiría en un balneario conocido como centro vacacional de aguas termales y lodo medicinal. Pues, tanto Clavel Quintanilla como don Rufino Cervera experimentaron repentina mejoría a sus dolencias. En ella eran várices y piel estriada y muelles flojos. En él una caña mustia que ya no se levantaba ni untándose mentolín, ungüento chino o crema dental gringa, ni tomando extracto de mandrágora o chuchuhuaza ¡ni aunque le picara la machaca! y que desde hacía tres años no le permitía hacer feliz a doña Argenis (ni frotársela en el cuello a la cajera del American Bar y menos dársela a probar a Lourdes Olea, la empleada de Alí Sufyan).

Maravilloso lodo.

Ambos hablarían con tal y tanto entusiasmo de sus experiencias salutíferas que, tres semanas después, desde todos los pueblos y ciudades de la Costa Atlántica venía la gente a hundirse en el lodo y bañarse con las aguas termales que brotaban del subsuelo. La Calle de las Camelias fue cerrada al tráfico vehicular, mientras sus habitantes obtenían una concesión especial para explotar la nueva riqueza, otorgada por el municipio y la gobernación después de efectuar los respectivos acuerdos sobre impuestos.

Como el lodo producía inmejorables efectos suavizantes sobre la piel desnuda y el párroco, don Imeldo Villamarín, lo tomaba cada ocho días para aliviar su artritis y su asma, la Iglesia obtuvo un porcentaje de las ganancias que rápidamente comenzaron a fluir para beneficio de los afortunados propietarios, en primer término, y luego para el resto del pueblo.

Y en un aspecto estaban todos de acuerdo. La suerte cortejaba a Real del Marqués. En voz baja se decía que Teodora Vencejos había expulsado aquel lodo portentoso con sus flujos vaginales, mientras levitaba en un sueño embelesado y sonámbulo de piernas ardientes.

Las aguas fueron ligadas al chorro de su orina y las arcillas residuales, aromatizadas con miel y vendidas en potecitos, a la cera de sus oídos o al sudor de sus axilas o al rojo de su menstruación. A conveniencia. Aunque la realidad era pedestre. Y es que las lluvias desaforadas y los continuos deslizamientos de tierra dejaron al descubierto una fuente de aguas termales oculta bajo capas y capas de caolín y arcilla, justo bajo los cimientos de *Residencias Argenis*.

¿Y a quién le importaba la verdad? ¿A quién? la suerte había llegado a Real del Marqués quizá tras los pasos de Teodora Vencejos. Quizá. Y nadie insistía en el asunto relacionado con el beso. ¿Quién iba a despertarla? ¿Quién tenía derecho?

Galaor Ucrós, ni por ahí. Su actuación con Teodora lo cohibía ante los vecinos y tampoco estaba interesado en fungir de príncipe consorte. No quería echarse la soga al cuello. ¿Qué afán? ¿para qué despertar a su mujer legítima?, bastantes problemas tenía con "la otra", Clavel Quintanilla, la nueva querida y las querendonas sobrinas de Leocadia Payares. ¿Despertar a Teodora? Sí. Lo haría. Sí-sí. Por supuesto que sí. Primero tenía que rebajar la tripa, ordenar el *Hotel Ramona* y colocar a las hijas mayores, Demetria y Esmaracola, en el colegio y en cintura. Tendría que echar a la calle a un suegro comodón y a una suegra habilidosa ¿y cómo? Una cosa era

Teodora despierta y dedicada al trabajo, que anunciara visita a su familia... ¡los suegros echarían a correr! Otra que continuara dormida en la casa del frente. A Galaor le convenía su enfermedad. Siempre habría gente para cuidarla: Doña Argenis y Perucho Cervera, la negra Visitación Palomino; Roseta Alvira, la modista; Lourdes Olea, empleada fiel de Alí Sufyan; Hada Reales, del American Bar, y la misma sacerdotisa de María Lionza, apodada Luminosa y bautizada Nácar Blondina, a pesar de ser negra como la tinta y negra como su hermana. Además, Zulema Sufyan.

Cada uno tenía poderosas razones para cuidar de la durmiente —además del afecto— y mirarla como a un fabuloso tesoro: Doña Argenis, porque su residencia se había transformado en hotel costoso y, encima, tenía en su cama a un marido fogoso y constante. Perucho, por no ser más un hijo de familia; gracias a la lotería, valía millones. Roseta Alvira, porque había enviado máquina y costuras baratas al olvido y diseñaba alegres bermudas para los turistas. Visitación Palomino gratificada como nadie; su media naranja, el negro Natanael Osías, que se había fugado cinco años atrás con una cantante de merengues, estaba de regreso y con el rabo entre las piernas, abandonado súbitamente y preciso el día en que Luminosa había dicho:

—"Teodora Vencejos se muerte de amor".

A Durango Berrío le sobraban razones; era rico, respetado, daba buena vida a la mujer y a los hijos, tenía mejor sonrisa, dientes perfectos, y una empresa dedicada al transporte. Las más felices, no cabe duda, eran Lourdes Olea y Hada Reales, quienes montaron una cervecería y se dedicaron a los coqueteos, pues ambas habían desperdiciado la juventud detrás de mostradores y máquinas registradoras y las ansias por los muchachos bellos aún les quitaban el sueño y les caldeaban los pubis.

Sí, todo el mundo tenía razones para cuidar a la hermosa durmiente. Pero, nadie sabía con precisión las razones que asistían a la mujer de Alí Sufyan y nadie se las imaginaba. Fue ella quien comenzó a mortificar al marido con una idea fija.

—Hay que encontrar al doctor Amiel o Teodora se quedará dormida de por vida.

—¿Engontrar al Dactor? ¿A dónde?

—Donde sea.

—¿Y bu, ma reina? ¿Barqué tiene tanta afán?

—¿Yo sé por qué? Hay que llamarlo por teléfono y rogarle que regrese.

—¿Talafonear a las Auropas? ¿Bu estar loca? Eso mucho caro, bujer. Adamás Galaor Bugrós ser la marido legítimo. Bu Bu arruinarme, yo ser hombre bodesto. Un gomerciante honrado o ¿bu que pansar?

Aly Sufyan estaba enriqueciéndose con la venta de toallas, vestidos, salidas de baño, lentes obscuros y artículos afines. Después emergería como el zar continental de las tangas, cuyos ucases publicitarios lo llevarían a las más altas cimas del negocio.

—No seas tacaño—

Zulema se mantuvo en sus trece. Ella sabía por qué y a nadie deseaba confiar sus motivos. Cuando el turco (que en realidad era árabe) le preguntaba

—¿Borqué? ¿Borqué tan intarasada en Teodora?

ella respondía,

—Yo me sé lo que sé.

Alí, que aún tenía culpas ocultas respecto al primer año de su matrimonio, accedió a pedir una conferencia con España. Como el ama de llaves le informara que el doctor Amiel estaba de viaje abriendo mercados a sus más exitosos productos (la loción "Arde", los dulces de tamarindo, las hormigas culonas, los rabitos de machaca y las bolas salpimentadas de chontaduro, amén de bragas comestibles y plumas para hacer cosquillas en...) se vio obligado a pedir una conferencia tras otra hasta localizarlo en un sauna de Manila. Precisamente cuando seis muchachas de ojos almendrados lamían y mordisqueaban la mascarilla a base de sábila, menta, huevos batidos de codorniz y el afrodisíaco licor de cardamomo, creada por el mismo y que cubría su cuerpo atormentado por la prolongada ausencia de Teodora Vencejos.

—Sea quien sea, no estoy. Salí de excursión.

Alegría y felicidad

Aquel día, cuando Teodora Vencejos discutió agriamente con el doctor Amiel, se encontró por un largo rato libre de la repostería, los bocaditos, las esencias y oficios domésticos. Radiante, ociosa, dueña del aire fresco y el primer bus. Pero, como todos los caminos conducen a Roma, en su caso simbolizada por Real del Marqués, su plaza mayor y su modesta iglesia, ella terminó vencida por la rutina. Encontró sensato, natural, acercarse a la casa parroquial. Domingo a domingo, concluida la primera misa, el padre Imeldo Villamarín solía decirle,

—Necesito hablar contigo, hija mía. Desligarte de una promesa...— sin que ella le prestara ninguna atención. Tan ocupada estaba con los pudines, los dulces de mamey y ciruela, el trajín de su casa y el cuidado del joven Galaor.

¡Qué casualidad! Era como si el sacerdote estuviese esperándola. No demostró alegría con la inesperada visita, ni la abrumó con lindezas.

Parecía molesto, las pupilas veladas de tristeza y lejana esperanza.

—¿Desde cuándo Galaor Ucrós vive nuevamente bajo tu techo?— preguntó.

Parecía muy frágil embutido en una sotana blanca, en la mecedora de mimbre y con un libraco entre sus delgadas manos.

—Hace quince o veinte días. No recuerdo exactamente cuándo. Quizás un mes. ¿No es una dicha, padre?

—No creo en tanta dicha. ¿En dónde tienes la cabeza, muchacha? ¿Es qué no estimas en nada tu buen nombre?— y acarició la medalla de la Virgen del Perpetuo Socorro colgada a su desmirriado cuello.

—¿Qué quiere decir, padre?

Galaor Ucrós es mayor de edad. No un niño de teta. Tú, en cambio, estás en la flor de merecer. No te conviene vivir con él bajo el mismo techo. Tal situación escandaliza a las gentes sencillas. Sirve para engendrar chismes.

—Ni siquiera le he visto...— se disculpó Teodora... —solamente intento lavar su ropa, hacerle de comer. Mi madrina Ramonita me lo encomendó en su lecho de muerte.

El padre Imeldo Villamarín abandonó el mecedor. Con ladeado esqueleto y menudos pasos se acercó a la mesa consola donde acumulaba botellones tornasolados, licores y mermeladas etiquetados por el doctor Amiel.

—Recibí todas las confesiones de Ramona Céspedes de Ucrós— dijo, mientras servía anisado en dos copas, poquito a Teodora y bastante para él. —Conocí el alma de tu madrina al derecho y al revés. Por eso me siento autorizado a ordenarte ¡olvídate de las promesas! Yo te dispenso en nombre de Dios. Desde el purgatorio, estoy seguro, ella te lo agradecerá.

—¿Es posible, padre Imeldo? ¿Seguro?— aun no creía en la existencia de tanta alegría y felicidad. Si Galaor no estaba a su cargo, si no era hombre prohibido, quizá fijara sus ojos en ella.

—¿Quién otro tendría semejante poder? La autoridad me viene del cielo. Soy sacerdote, caudillo, ministro de Dios en la tierra... ¿entiendes?

—Gracias, padre Imeldo. Entiendo y se lo agradezco mucho.

—No me lo agradezcas. Saca a Galaor Ucrós de tu casa... ¡enseguida!

—Eso no puede ser.

—Tiene que ser. Ya no te obliga promesa alguna. Estás libre.

—No arrojaré al joven Galaor de la casa de sus mayores. Eso jamás. Prefiero marcharme yo.

—Escucha, hija mía, nada te obliga. Según dijo el abogado Catón Nieto toda la casa es tuya. Los otros bienes también. Galaor se ha feriado su herencia y seguirá con la tuya si no te avispas.

—¿Qué insinúa, padre?...

—¡Ojo al Cristo que es de plata, muchacha!

Tiempo perdido. El padre Imeldo no pudo razonar con Teodora, quien sin saborear la copita de anisado tomó su cartera y corrió hacia la puerta. Y antes de salir alzó la voz como si retara a un cura sordo.

—Galaor Ucrós es mi verdadera herencia. Eso es bastante para mí.

Además del anisado, el padre Imeldo Villamarín se tomó una botella de brandy.

En definitiva—decidió entonces Teodora—trabajaría por cuenta propia. Amasaría y hornearía en la gran cocina de la casa y, para evitar la maledicencia, contrataría a una asistente y utilizaría los servicios de Peruchito Cervera y de Asisclo Alandete como mandaderos... ¡iría más lejos! Cedería por sumas irrisorias las habitaciones sobrantes a muchachas trabajadoras y decentes, como Lourdes Olea, Roseta Alvira y Hada Reales, que vivían en piezas arrendadas, sin derecho a cocina. Eso haría. Más que nunca el malvado doctor Amiel tendría que irse al diablo.

Al entrar en la casa estaba tan absorta en sus pensamientos que no reparó en Galaor hasta encontrarse cercada por sus musculosos brazos. Aspiró su aliento mentolado, el aroma a colonia francesa, lo limpio de la franela lavada por ella misma y ese olor a hombre joven salido de una cama destendida hacia una ducha fría y que en su inocencia confundía con el olor de los mismos ángeles.

—Teodora, amor mío... ¡cuanto me gusta verte! Te recuerdo y sueño a diario...— los labios sobre sus labios, la lengua buscando sus dientes, lamiendo con frenesí sus párpados y delicadas orejas.

—Galaor, por Dios, ten juicio.

—Lo que tú digas.

Galaor la tomó respetuosamente por el talle, suave, tierno. Como si la hubiese invitado a caminar desde varios días atrás y el encuentro fuese una cita amorosa largamente añorada. Ella inmersa en el sortilegio del bigotico, los besos cálidos y la aterciopelada voz, le habló atropelladamente de su promesa a doña Ramonita, la dispensa efectuada por el padre Imeldo y las decisiones que había tomado para evitar las habladurías y liberarse del tiránico doctor Amiel. Mientras Galaor la devoraba con las pupilas azules henchidas de fastuosas promesas,

—Nada de rentar piezas. ¡No faltaba más! ¿Y por qué abandonar tu trabajo? Es una locura.

—No hay otro remedio.

—Lo hay. El más hermoso de los remedios. La mayor fortuna ¡Vamos a casarnos!

Ni Copelia Arantza, ni la Quintanilla, ni las señoritas Del Rosal, ni las falsas sobrinas de Leocadia Payares significaban nada, nada para él, dijo. El vivir bajo el mismo techo y haberse criado juntos le había impedido expresar sus tiernos sentimientos. Y el destino, gran sabio, se encargó de frustrar su matrimonio con una extraña ¿por qué? Estaban destinados el uno para el otro y tenían que aceptarlo. Era preciso unir sus cuerpos y almas, respirar el mismo aire, dormir en la misma almohada, mojarse en la misma lluvia, caminar al mismo ritmo, compartir la prosperidad o la pobreza. Lo único que él pedía, dijo, mientras su mano trepaba por los muslos carnosos, exploraba entre las bragas y el plumón rizado, era el más absoluto secreto. Ni él ni Teodora debían decir palabra a nadie. Al menos, hasta que los ecos de su malogrado enlace con la mayor de las Arantza, se esfumaran,

—¿Convenido?

Teodora no respondió, prisionera de la música, el sonido, la magia de aquellas palabras, la hechicera sonrisa de Galaor únicamente destinada a ella, y los besos curvados desde el trigo del mostacho rubio. Abajo, los pétalos de su oloroso crisantemo se abrían y mojaban temblorosos, ofreciéndose con apasionado ardor,

—¿Lo prometes?

Teodora creía morir. Toda su piel y poros y sinuosidades ávidos de las manos, las caricias, la otra piel, la lengua rendida, el arma masculina que no atinaba a disparar por falta de municiones.

—Si tú quieres, sí.

Así como otras mujeres tienen destellos intuitivos y presienten en las ropas del amado la silueta de las posibles amantes y mueren de celos por sentimientos que no han surgido siquiera, Teodora Vencejos sufría absoluta ceguera. Nunca se le ocurrió pensar o sospechar que Clavel Quintanilla acababa de marcharse por la puerta trasera. A Galaor Ucrós no le restaban fuerzas para avanzar, ocupar la plaza sitiada, clavar su pica en Flandes,

—¡Ayyyyy sí si! ¡sí!

—No— dijo él. —Eres mi futura esposa. Esperaremos hasta la noche de la boda.

Capuchones

Durante su prolongado sueño, los cabellos de Teodora crecían suntuosamente noche tras noche y era necesario cortar un palmo semanal para que no se enredase en ellos cuando abandonaba la cama. Además de lavarlos y cepillarlos, Zulema Sufyan que también le limaba las uñas, reunía manojos rizados que Luminosa Palomino obsequiaba a maridos impotentes y amantes agobiados por los celos, la desesperanza o el ansia posesiva. Rizos guardados en diminutas escarcelas de cuero o terciopelo para llevarlos adheridos a la piel... ¡con efectos maravillosos! La misma Zulema había concebido gemelos después de tejer para Alí una sortija con algunos del pubis y cuando ya desesperaba por un hijo. Temerosa de escuchar el "¡Te divorcio, te divorcio, te divorcio!" utilizado por los seguidores de Mahoma.

¿Cómo abandonar a Teodora en su desgracia? Era el interrogante que atormentaba a la feliz esposa de Alí Sufyan. Necesariamente tendría que hacerlo, a más tardar durante las primeras semanas posteriores al nacimiento. Y en vano los amigos de la durmiente intentaban localizar al doctor Manuel Amiel. ¿Qué hacer? Zulema rogó a Luminosa Palomino ejercer todas sus artes esotéricas e inclusive pedir ayuda a las hierbateras, adivinas y mentalistas del Atlántico para, con sus poderes aunados, atraer al esquivo pastelero (doquiera estuviese) o a cualquier otro hombre que lograra quebrar el pavoroso letargo en donde Teodora Vencejos estaba hundida por culpa de la verdad.

Ella, Zulema, quería dar a luz sin congojas, para evitar que Alí hiciese demasiadas preguntas acerca de aquella devoción que Teodora le inspiraba. Si su amiga tornaba a la normalidad y la felicidad presidía el nacimiento, nada tendría que temer. De lo contrario, debía evitar el tema o mentir o, mucho peor, inventar una historia que no siempre podría sostener. Porque de ninguna manera diría la verdad, ni la forma como había obtenido el amor de un marido que la había desposado por compromiso.

Ante todo, no permitiría que él hiciera preguntas en nombre del Profeta o de sus bienaventuradas esposas.

Cuando Alí Sufyan estaba buscando novia, le ofrecieron varias muchachas de su tierra natal —Aminas y Aifas y Farides— que traían cuantiosas dotes y resultaban verdaderamente tentadoras para un comerciante sagaz, amante del dinero. Pero, eran muchachas que vivían al extremo del mundo en ciudades como Damasco,

Medina y Adén, o en los desiertos de Dahna o el Ahkaf, y a quienes tendría que conocer por fotografía. Quizá desposase a una virginal doncella escapada del paraíso o a una mole de carne condenada a la soltería. En ambos casos tendría que enseñarle español; a comer, vestir, amar a un nuevo país, establecer relaciones, atender un almacén acreditado. Así, comenzó a mirar entre las hermanas e hijas de sus paisanos. Era preferible una muchacha nacida en la región y que no fuese presa del ennui o la nostalgia. Quizá era lo más atinado para un hombre como él, que deseaba tratar a su mujer de igual a igual. Y al respecto tenía a flor de labios una frase escuchada al doctor Amiel y que nunca supo provenía del Talmud y no del Korán: "Dios evitó crear a la mujer de los pies del hombre, para no pisotearla; del cerebro masculino, para que no fuese superado por ella; la creó de una costilla para igualarlos" y Alí agregaba que en el costado del ser humano latía el corazón.

A Zulema Essad, hija de un joyero, la había visto detrás de un elegante mostrador en Barranquilla. Y no le fue difícil lograr que le permitiesen visitarla cada ocho días al pedir su mano. Los buenos partidos como él, acomodados y de nacencia árabe, tampoco sobraban. Zulema, además, siempre le había mirado con buenos ojos.

—¡Una bella pareja!— como dirían doña Argenis y don Rufino Cervera, invitados a la cena nupcial.

Se casaron a los seis meses de noviazgo, en una discreta ceremonia civil y a la recepción, en el Club Arabe, asistieron más de trescientos invitados. Y hasta allí el Edén. Ni Zulema Essad ni Alí Sufyan conocían el "estado de fey" que, según los árabes, es el estado de loca felicidad anterior a la absoluta desgracia, iniciado para ellos después del regio enlace. Sin tregua o atenuantes. Pues, Alí, acostumbrado a los modos de la Payares y de sus falsas sobrinas, había sido incapaz de tocar a una mujer que le fuera entregada en nombre del profeta Mahoma. Ante ella permanecía mudo, helado. Ni sus músculos, ni su mente, ni su corazón, le respondían.

Extraña en Real del Marqués y sin saber en quien confiar, Zulema había advertido la admiración que su marido sentía por Teodora Vencejos a quien solía perseguir disimuladamente con la mirada y calificar de "mujer perfecta". A ella, en un acto desesperado, acudió deshecha en lágrimas y en vísperas del carnaval.

—¡Ayúdame...! le suplicó.

—Yo, ¿qué puedo hacer?

—Enséñame a conquistar a mi esposo.

—¿Yo?

—Díme a quien acudir. Díme si puedo confiar en tí. Enséñame el camino.

Teodora ya tenía a su cargo a las niñas, Demetria y Esmaracola, y no sabía mucho del amor. Optó por lo más sencillo; visitar a Luminosa Palomino, quien ya servía a María Lionza y era famosa por sus conocimientos sobre hierbas, baños, sahumerios, filtros, bebedizos, talismanes. De ella Teodora aprendería a mezclar diosme con altamisa y canela; la limonaria con el jazmín y la verbena; el azahar con la corteza de anamú y las violetas; el mirto con la hierbabuena y las caléndulas. Y toda una gama de flores, frutas, raíces, cogollos que, más tarde, el doctor Amiel aprovecharía en beneficio de muchos al cobrar, una a una, las deudas que Teodora había contraido con él.

—Tú puedes ayudarla— dijo Luminosa... —Naciste para brindar amor y fertilidad. No la abandones. Ella se bañará siete veces siete días con agua de canela, rosas y hojas de naranjo. Después tres veces tres días con verbena, albahaca, heliotropo. Y se enjuagará con agua de azúcar. Lo demás lo dejo a tu saber y entender... ¡Tú puedes! Hoy por tí y mañana por mí, no se te olvide. Un día necesitarás de Zulema Sufyan. Lo veo en el aire.

Teodora, que era una mujer sencilla, decidió confiar en las palabras del doctor Amiel: "El amor es un tirano, y para complacerlo se han violado muchísimas reglas". Así que preguntó a Zulema,

—¿Qué propones? A mí no se me ocurre nada.

—Alí está fascinado contigo... Si tú eres yo y yo soy tú, él terminará por confundirnos. Como soy su mujer, me tomará cariño.

—¿Qué haremos?

Fueron a Barranquilla y compraron dos capuchones negros con ribetes colorados, exactamente iguales, y dos pares de zapatos dorados, con tacones más altos para Zulema quien ni en puntillas alcanzaba al hombro de Teodora.

—Debemos oler igual— dijo la Essad.

Así fue como se bañaron con los mismos cocimientos de hierbas y flores, untaron esencia de rosas y canela en sus cuerpos y encapuchadas corrieron a engrosar la multitud que llenaba el American Bar, convertido en pista de baile con motivo del carnaval.

—Alí..., querido Alí Sufyan.

Desde la primera noche el turco (que en realidad era árabe) fue asediado por una misteriosa admiradora de pies hermosísimos calzados con zapatos dorados que, al parecer, no tenía ropa interior bajo la tela del capuchón.

—Alííí, querido.

El aroma de la mujer, la posibilidad del cuerpo desnudo y las uñas de los pies lacadas de rojo enloquecieron a Sufyan quien no cesaba de murmurar mientras bailaban encendidos boleros.

—Igualito que Teodora... ¡así huele!

Por supuesto, Alí deseó enseguida a la encapuchada. Hora tras hora su ansia crecía transformándose en desatada pasión que sólo admitía un final. Terminar juntos y desnudos en un motel de la carretera al mar para hacerse el amor hasta más allá del mismo delirio.

—Bu diga que sí... Bu, otra bujer barfecta.

Pero, cuando se deslizaron entre los otros bailarines ella intentó escapar y se mezcló en una danza que revoloteaba frente al American Bar. Tum tum bummm. Entre trompetas, flautas y tamboreras, Alí persiguió a su propia esposa, oculta bajo la tela negra con ribetes colorados.

—¡Bu viene conbigo...!— al doblar la esquina agarró de un brazo a Teodora Vencejos.

Ella, sin quitarse el capuchón, dictó sus condiciones. Jamás y por ningún motivo, él intentaría averiguar su identidad o procedencia. Tampoco preguntaría su nombre. El por qué resultaba fácil de adivinar. Estaba perdidamente enamorada de Alí Sufyan, pero era una mujer casada. Y no quería ni dar de qué hablar, ni avergonzar a su marido. Ni siquiera —anunció— se le podría entregar de todo a todo. ¡Cuidado con abusar!

Alí Sufyan juró por su madre, por la tierra de sus antepasados, por el desierto del Sahara y el alma del profeta Mahoma cuya santidad no le impidió tener debilidad por las mujeres.

Blanca, fresca, suave como la mantequilla. Olorosa a hierbas, canela y rosas, la misteriosa encapuchada permitió que Alí acariciase su cuerpo lentamente, sin quitarle la combinación de seda que olía al cuerpo de Teodora Vencejos. Le abrió las piernas para que lamiese su flor, pétalo a pétalo, su pistilo, corola y néctar. Aunque sin permitirle entrar en ella.

—Igualito que Teodora...— murmuraba Alí —así es su aroma.

De vuelta a casa, Zulema le olió igual que Teodora y como la caprichosa enamorada. Cercano al frenesí intentó hacer el amor a su esposa, quien a pesar de haberle jurado obediencia a la vera del Islam, no quiso brindar su cuerpo a un marido que había salido a rumbear al atardecer y regresaba entrado el día.

Enojado, Alí reinició la fiesta el sábado de carnaval y encontró a su amada esperándolo en las puertas del American Bar. Otra vez bailaron estrechamente, la pierna de él entre las piernas de ella, miembro contra el pubis, aliento y aliento. De la mujer deseada solamente veía los pies calzados con sandalias relumbrantes a la luz de los faroles. Ligado por un juramento no abrió los labios para hacer preguntas, ofrecer o pedir. Solamente murmuraba,

—Huele igual que Zulema.

Era ella, otra vez, quien bailó con Alí hasta el amanecer y huyó confundida entre el gentío, permitiéndole a Teodora tomar su lugar en el momento justo. Y esa noche, mirándole con ojos tristes, la encapuchada dio por terminado el romance. Estaban en peligro, dijo ¡y no podría ser! Aquél era un amor imposible y el marido, celoso, entraría en sospechas. Mejor decir adiós.

Era un adiós para siempre jamás. ¡Insoportable! Así, como última concesión, ella permitió que Alí le colocara la banana entre los senos, poseyera sus axilas y frotara el semen en su vientre. Ni ruegos, ni ayes, ni promesas la indujeron a permitirle entrar en el túnel de su rosa.

Ella no deseaba entregar a un extraño lo que había otorgado a otro en matrimonio, con bendición y todo,

—¿Entonces bor qué bu infiel?

La respuesta del adorado capuchón paralizó el corazón de Alí Sufyan:

—Lo que se han de comer los gusanos, mejor que lo disfruten los cristianos. Mi marido prefiere a otras, no quiere tocarme, ni tiene antojo de mí ¿qué otra cosa puedo hacer?

La ardiente noche de amor que Alí Sufyan se había prometido cambió súbitamente a pesadilla. Su sangre belicosa era como dinamita entre sus heladas venas. Ni siquiera besó a la desconocida al marcharse. Tenía prisa por saber ¿estaba Zulema en casa? ¿en su alcoba y cama?... ¿o iba por ahí, corriendo tras el primero que se lanzara a enamorarla?

En el camino compró tres botellas de la mejor champaña, pues Mahoma había prohibido el vino pero nunca había hablado de la champaña, y en nombre del amor muchos pecados contra el Korán son perdonados.

—¡Qué alivio! Zulema estaba acurrucada en la cama, con un sencillo camisón, los ojos llorosos, ¡pero olía a hurí del paraíso! Por un momento fugaz, Alí Sufyan tuvo un mal pensamiento,

—¡Igualito que Teodora!

Pero fue breve, como una chispa de acetileno e igualmente desapareció. Zulema era su esposa, de su misma gente, con iguales costumbres, y la mejor cocinera de la colonia árabe de Barranquilla. ¡Su tahine era para chuparse los dedos! Ni hablar del kippe, los dulces con almendras, el kuskús. Era bella, sumisa, y no salía a bailar como otras, encapuchadas, para abrirle los muslos al primero que les tendiera una mano o dijese lindos tienes los ojos.

—Yo pido perdón a bu... Bu mi esposa, la bujer barfecta, astralla matutina, bu fuenta de agua claro. Haré lo que la brincesa diga mí. Daré buchas cosas a mi amor.

—No quiero nada.

—¿Nada?

Al pobre Alí Sufyan la vida lo empujaba cuesta arriba. Zulema se hizo de rogar y rogar.

—¿Gue guiere bu, ma asposa?

—Un capuchón. Quiero salir a bailar contigo.

—¡Amposible! ¿Bu no quiere nada más?

—Nada.

—¿Una gasa nuevo?

—No.

—¿Un autovóvil nuevo?

—No.

El caso es que Zulema Sufyan fue la primera "turca" en Real del Marqués que acompañó al marido a bailar sin capuchón, en el American Bar, el Club Seferiades y los salones *Arte* y *Sabor*, después de haber hecho el amor todo un domingo de carnaval y deshacer para siempre la indiferencia de Alí, al mejor precio. ¡Y no es que ella hubiese aceptado nada! Sin embargo, como él deseaba compensarla, Zulema abandonó la cama con el mundo en bandeja de plata. Casa nueva por unos besitos recibidos más arriba de las pantorillas; y acción en el Club Campestre por colocar su blanca mano en el fifo del marido, y automóvil último modelo por besarle despacito y más despacito el centro y alrededores de la panza, y un viaje a Europa cuando él entró cabalgando en el palacio virginal mientras las sábanas se pringaban de sangre joven, roja, saludable, y Teodora Vencejos se esfumaba como pasión, añoranza o sombra... y las falsas sobrinas de Leocadia Payares perdían irremediablemente a uno de sus mejores clientes.

Zulema Sufyan no diría la verdad a nadie, ni aunque amenazaran con lapidarla. Sin embargo, no estaba dispuesta a permitir que su mejor amiga se extraviara por siempre en un limbo donde no era posible ni el amor, ni la pasión, ni la memoria. Estaba a punto de dar a luz a un hijo del Islam y la fuerza espiritual la acompañaba. ¡Ya ni siquiera tenía miedo a las leyes de sus antepasados! Mejor que Alí caminase a derechas. También ella podía acudir al divorcio si no le hacían el gusto.

—Quiero a Teodora Vencejos como madrina de mi hijo... ¡o será un niño sin nombre!

El asunto de la madrina era como el de la champaña, Mahoma no había dicho nada en contra. Alí intentaba obedecer las leyes del Korán, pero Zulema era una barranquillera bautizada católicamente y casada en una ceremonia mixta por Catón Nieto. No encontraba inconveniente en ofrecer una gran fiesta cuando el niño ¿o los niños? fueran llevados al registro civil. Ninguna sura del Koran se oponía a ello. Ninguna. Así que Zulema seguía firme en sus exigencias.

—Necesito que Teodora recobre la razón. Es preciso localizar al doctor Amiel.

¡Ten compasión!

Henchida por la felicidad, a primera hora del día, Teodora resolvió visitar al padre Imeldo Villamarín. Deseaba que fuese el primer mortal en saber la maravillosa noticia de su matrimonio y borrar del todo los reproches asomados a los ojos del sacerdote cuando cambiaban "buenos días y buenas tardes y noches". Canturreaba para sí misma, con el futuro placer erizando los orificios y curvas de su cuerpo.

—Me caso. Me caso me caso. Me-con-Galaor.

En el fondo y subfondo de aquella melodía sin música verdadera levitaba una escena recreada en el amanecer de sus insomnios virginales. Don Imeldo Villamarín, con el espinazo derecho entre una casulla de raso blanco y bordes dorados, la mano al trazar una cruz del aire, mientras decía ante una iglesia atestada de realmarquenses:

—Yo los declaro marido y mujer. Ahora, Galaor Ucrós, puedes besar a la novia.

Todo lo anterior al dichoso instante no tenía consistencia en sus pensamientos y eludía tonos, colores, sonidos, aún personas. Por lo mismo, el comentario del párroco fue como piedra lanzada sobre la campana de cristal bajo la cual reposaba la delicada estructura del ensueño,

—Te liberé de una promesa y te metiste en una crucifixión ¿dónde tienes el seso, muchacha? ¿Piensas con el cerebro o con el trasero? ¡Despierta! ¡Galaor Ucrós no llega ni a caballo grande..!

—No entiendo, padre.

—O eres una mensa o se te corrió la teja. No te casaría con ese imbécil aunque me prometieran de cierto el reino de los cielos... ¡largo de aquí! De lo contrario voy a darte una cueriza con todas las de la ley. Y que me perdone don Martiniano Vencejos por tocar una hija ajena... ¡alma bendita!

—Me casaré de todas maneras— Teodora no parecía Teodora.

—Por sobre mi cadáver...— y mientras se arremangaba la sotana para zafar su cinturón, don Imeldo Villamarín creyó escuchar el vozarrón del difunto Martiniano azuzando: —..."¡dale duro y parejo!"

Suele decir la sabiduría popular que el amor crece con las dificultades, y la frase consolaba a la triste Teodora en su recorrido por las iglesias de Barranquilla, Caracolí, Sabanalarga, Malambo y Arroyo de Piedra, en donde encontró sucesivas negativas. Era un *no* rotundo y sin aristas que colgaba en las oficinas de todas las parroquias del Atlántico, Bolívar, El Magdalena y quizá el resto del país. La circular que prohibía a los párrocos celebrar el matrimonio de la señorita Teodora Vencejos y Galaor Ucrós estaba firmada por el mismísimo arzobispo primado de Bogotá, compañero de estudios del padre Imeldo e íntimo amigo suyo. No se aludían motivos precisos y, sin embargo, quien supiese leer entre líneas advertiría un hondo temor al incesto vertido diestramente. "Los ministros de la Iglesia se abstendrán de impartir la bendición al enlace proyectado por nuestros amados hijos en Cristo, Galaor Ucrós de Céspedes y Teodora Vencejos Arraut, en tanto dichos hermanos de leche no acepten vivir durante un año bajo techos diferentes, demostrando por consiguiente que existen bases sólidas para tal unión y la intención de cumplir los mandatos de la Santa Madre Iglesia".

Según opinó el abogado Catón Nieto, especialista en Derecho de Familia, tal procedimiento no tenía validez jurídica. Se podría rebatir... ¿y tenían el dinero para entablar una demanda? ¿estaban dispuestos a enemistarse con la Curia? No valía la pena. Ni tampoco Galaor tenía intenciones de mudanza, puesto que su herencia se había esfumado durante el período del luto, la tristeza e indecisión, el oneroso noviazgo con la Arantza. Cuando aún fluctuaba entre un enlace conveniente y el auténtico amor.

Para rematar, Teodora no lograba adquirir ni sábana, ni pañuelo, ni servilleta y menos ropa íntima para su ajuar. Tenía el crédito agotado. Sus amigos en Real del Marqués le sacaban el cuerpo ostensiblemente y cuando más los necesitaba.

—No...— le dijo Aly Sufyan... —yo no fía roba intarior a bu. Esa hombre no gonviene a un brincesa y mi raligión brohibe jugar con la destino.

Lourdes Olea, que negociaba con mercancía de contrabando y aparentemente por detrás del turco —aunque en realidad con su financiación— vio que ni pintada la oportunidad de realizar una pequeña venganza. Aún suspiraba por Galaor Ucrós, con quien había bailado tres noches seguidas durante las verbenas y guachernas que precedían a un carnaval. Suspiraba..., esas manos alrededor de sus caderas y explorando los senos debajo de la blusa, la pierna derecha entre las suyas y esa rodilla experta que al bailar floreaba sobre sus muslos y el palo retozón contra su talle, su ombligo, la línea del vello que dividía en dos su vientre y languidecía al llegar al pubis. Y de pronto, ese barquillo que ella había sentido tan dulce sería todo todo para la fundillona y tetona de Teodora Vencejos ¡el colmo! ¡una afrenta! Ella, Lourdes Olea, a quien los asiduos al American Bar llamaban la brisa por su forma de caminar, ni siquiera había comido de sal. Sobada, alborotada y tocada por allá abajito, seguía tan virgen como el día en que su madre la trajo al mundo.

Ropa de seda no se atrevía a fiarle, dijo. Era un riesgo. Sin embargo, tenía bellezas en delicado algodón de madrás. Con letines, moñitos, calados, cintas de raso, pespuntes en hiloseda. Eran los interiores preferidos de las niñas bien: quinceañeras, debutantes, recién casadas pudibundas. Angelicales y con cierto toque sexy que no ofendía a nadie.

—A Galaor que es tan señor y tan respetuoso le gustará— comentó Teodora.

Lourdes Olea no había advertido que aquella ropa era invendible y tenía dos cajones repletos. Al delicado algodón le había caido una polilla blanca, casi transparente, que ya se había comido embarques enteros de cucos y cinturillas y sujetadores y enaguas. Los huevecillos depositados entre costuras y moñitos resistían insecticidas, naftalina, plancha caliente, pero reventaban al calor de la piel desnuda.

El dinero estaba perdido. Lourdes quería conservar a sus clientes elegantes y el favor de las niñas bien. Teodora no entraba en tales categorías ¿y quién protesta por artículos al debe? Ojalá la polilla devorara también el pipí-de-oro del ingrato Galaor.

Esa ropa interior de algodón sería el único lujo disfrutado por Teodora el día de su matrimonio civil. Roseta, la modista, se había negado a confeccionar el traje de novia.

—Ni fiado, ni regalado, ni pagado— la retó, mientras lloraba a moco tendido. —Yo no te haré semejante mal. No a tí, mi querida amiga.

—¿Hacerme mal? ¿mal? ¿de qué hablas? Soy inmensamente feliz.

—Feliz o desgraciada, no digas que no te lo advertí ¿y por qué casarte? Una mujer como tú vale oro en polvo y esmeralda pulida. No se entrega por un lindo bigote. Ese vivo-hermoso no vale ni la tierra que pisas ¿tantas ganas tienes de ir al catre? Mejor te enmozas con un boga del puerto y te das el gusto. Saldrías ganando.

Teodora abandonó la casa de la modista transida de la pena; citica Roseta. Tan flaca, esgalamida y encima con gafas. ¡Estaba muerta de la envidia!

No le fue mejor con la negra Visitación Palomino cuando quiso encargar los manjares de la boda. El rostro achocolatado distendió una sonrisa picante.

—...¿Quieres una comilona para tu casorio, no?— se me ocurren paticas de puerco y arroz con pollo. ¿Tal vez pavo relleno con ensalada de tomates o de papaya verde...? ¿o arroz con coco y posta negra...? ¡No...! ¡no! ¿quizá caracoles, arroz con chipichipi y platanitos pícaros? ¿o mejor servimos pargo al horno, arroz con pasas y riñones al vino? Hasta mojarras doradas con patacones resulta apetecible... Ah, niña Teodora ¿eso es lo que quieres?

—El arroz con coco, la posta negra y las paticas de puerco me bastarían. Y de dulce, platanitos pícaros. No voy a invitar mucha gente.

Visitación Palomino se cuadró con las manos en jarras y un estilo marcial que había aprendido en otros tiempos, cuando andaba guisando por los cantones del ejército y loca perdida por el negro Natanael, entonces un bien plantado cabo primero.

—¡No estás ni tibia, mi niña Teodora! No pienso echar ni ajo, ni comino, ni eneldo en los calderos. Ni pizca de sal. ¡No para que usted se case con ese viva la vida! Ni crea... ¿y cuándo me van a pagar lo que me deben? Con el dinero de los vales que me ha firmado don Galaor Ucrós ya me hubiese conseguido un mozo de veinte años y comprado una cama igual a la del mismísimo rey, Mohamed Alí..., ¡si es que a mantener hombres estoy destinada!

—¿Vales Galaor? ¿Cuándo? ¿Para qué? En mi casa cocino yo.

—Pero en casa de la querida no prenden el fogón. A Clavel Quintanilla el ajo y la cebolla le causan rebotes y cólicos. Dicen que está preñada nuevamente.

Teodora regresó a casa llorando como María Magdalena. Galaor Ucrós, que se preparaba a echar la siesta en una hamaca gastó casi una hora y mucha labia, para dispersar los temores que embargaban a su amada, hermana de crianza y futura esposa, sin descuidar ni un segundo las manitas.

—La gente es malintencionada... ¡y envidiosa! No soporta la felicidad ajena y quieren amargarnos la vida. ¿Querida? ¿Cuándo he mantenido yo a una querida? Si acaso he tenido uno que otro devaneo, sin la menor importancia. Y una novia formal que me dejó en ridículo.

Al oído le decía mi gugú, amor y pimpollito azucarado, mi gordis gordanita, tesoro y lindo corazón, aunque la estrechura de la hamaca no le permitía otra cosa que sobarle las piernas, lamerle el lóbulo de una oreja y meterle la nariz entre los pechos. Y mejor no iba a más, porque así quisiera entrar a Roma el cañón invasor iba a negarse tozudo a disparar. La noche anterior Clavel Quintanilla había quemado toda su pólvora.

—¡Tenemos que casarnos ya!— dijo. —Es la manera de domar a los chismosos.

Teodora alegó que aún no habían fijado mes, ni fecha, ni hora. Tampoco tenía listo su ajuar, ni el traje, ni los preparativos de la fiesta. Ni siquiera amigos para invitar.

—¿Y qué? con nuestro gran amor basta y sobra. Nos casaremos por lo civil.

El amor no bastaba para quebrar el odioso silencio que acogía los pasos de Teodora cuando recorría la Calle de las Camelias camino de la iglesia o el mercado. Solamente Peruchito Cervera ¡inocente! se atrevía a desafiar las iras de doña Argenis. Le enviaba besos con la punta de los dedos y avioncitos de papel, le obsequiaba frescos de patilla, guanábana y moras, sin olvidar helados y galletas negras.

—¡Si yo fuera grande...!— solía decir con desafinada vocecita.

También en el mercado, donde ciertas personas sencillas aún le fiaban azúcar, panela, frutas cristalizadas, huevos frescos y harina, la atmósfera comenzaba a enrarecerse. La murmuración iba y venía entre las colmenas de víveres, los puestos de pescado, el pollo y la carne. Aún los bogas que llegaban de tierra adentro y la nueva Venecia en sus canoas a vender yuca, ñame y plátanos, opinaban sobre "la seño Teodora". Y corrían historias truculentas: que si ella transmitía una enfermedad que quitaba el gusto por la comida y avivaba el de las hembras; que si los hombres se volvían demasiado exigentes con sus mujeres y querían fifar mañana, tarde y noche; que si muchachas ingenuas salían a la calle levantándose las faldas por causa de las esencias y licores añadidos a sus tortas y pudines; que si tiernos muchachos se pasaban el día entero pellizcando nalgas después de verla.

Y los bogas regresaban a sus tierras cantando.

Seño señito tengo un palito
Seño Teodora dame la hora
Seño señito dame un besito
baja la mano ¡ten compasión!

Y de prisa llevaban a sus mujeres a catres y camas de tijeras, envalentonados, sintiéndose lo último en guarachas.

Resignada, Teodora perdía uno a uno fiadores y clientes. Casi nadie en Real del Marqués solicitaba ya sus servicios culinarios. Y en Barranquilla, al faltar el doctor Amiel y cerrarse las cafeterías, escasas personas encargaban sus delicias. Los hombres por temor a que los pedidos fuesen rechazados por la pudibunda exempleada de Amiel. Las mujeres porque rehuían el escándalo y ser relacionadas con Bedelia Afanador, otrora dama altamente virtuosa, quien además de vivir públicamente con el propietario del *Bar Suavecito*, tenía el descaro de exhibirse con él —en un convertible amarillo pollito—, siempre en cinta y con una sonrisa feliz de oreja a oreja.

Resignada también a esperar mejores tiempos para la ansiada boda (y la bendición del padre Imeldo) Teodora cambió de idea cuando escuchó a Peruchito canturrear una de las tantas coplas que circulaban a sus costillas. ¡De prisa! Tenía que casarse cuanto antes. De lo contrario, ella, Teodora Vencejos Arraut, hija única del respetable don Martiniano y ahijada de doña Ramonita, saldría de Real del Marqués en medio de la rechifla general. ¡De prisa! Aunque no repicaran las campanas.

Mujer amada

Durante quince días, Alí Sufyan había gastado una fortuna en marconigramas, télex, llamadas telefónicas, cartas por entrega inmediata. Y a pesar de haber realizado un ventajoso convenio con la empresa estatal de comunicaciones y logrado aceptables descuentos, su humor comenzaba a resentirse. Sentía palpitaciones, mareos, rasquiñas intermitentes. La leche del café le sabía agrio, amarga la hierbabuena del kippe, averaguado el tahine. Sin embargo, era incapaz de ofender o defraudar a su bella Zulema; tampoco deseaba echar el dinero por los aires. Y la única persona que podría cancelarle el dinero invertido a la afanosa búsqueda era el mismo doctor Amiel.

—¿Y si no aparece?— se preguntaba Zulema —¿qué será de mi vida? ¿que será de Teodora?

Como no era el caso abandonar el asunto íntegramente a la empresa estatal de comunicaciones y aconsejada por doña Argenis Cervera, Zulema solicitó el permiso de Alí para llamar en su ayuda a Luminosa Palomino. El turco (árabe en realidad) estaba tan desesperado que permitió a su mujer legítima involucrarse en prácticas de infieles ¡Alá los perdonase! Después de todo, el profeta Mahoma, tan respetado por los hombres y amado por las mujeres, jamás había necesitado la protección de María Lionza para lograr sus fines y ¿acaso la Diosa del Amor no era un producto del nuevo mundo, las religiones obscuras?, imaginerías de gentes que no sabían siquiera en qué dirección estaba situada la sagrada ciudad de La Meca.

—Si es vuestra mandato, Alá, gue me parta un rayo, ¡sea!

Como Alá permaneciera callado, Zulema adelantó a Luminosa Palomino el dinero necesario para realizar un buen trabajo y esperó siete días con siete noches a que la sacerdotisa abandonase su casa al filo del amanecer cargada con los filtros, piedras, ungüentos, riegos y maras necesarios. Silenciosa, con pasos furtivos, para evitar que las energías vitales pudiesen esfumarse en la atmósfera de Real del Marqués recargada por los alientos y humores de centenares de vecinos y turistas. Ante todo, afianzada en su devoción a María Lionza, pues su intención era impedir que Teodora Vencejos siguiera viajando indefinidamente por el sendero de un sueño circular en donde no era sencillo encontrar una brecha que facilitara el retorno.

Era como si Luminosa Palomino navegara entre la mente y el espíritu de Teodora. Ella, que la mayoría del tiempo había vivido en Madrid como los náufragos viven en un islote, caminaba lentamente hacia atrás en un tiempo que ya jamás podría ser un tiempo feliz y que además resultaba irrecobrable. Sería la hora del medio día, era otoño, y ella no tenía siquiera una amiga a quien telefonear o un niño que esperase ser obsequiado con panelitas de leche o espejuelo de guayaba. No conocía los bares de su cuadra, ni sabía el nombre del panadero, de los dueños de carnicerías y pescaderías, y jamás había saludado al chico que atendía la tienda de frutos secos. ¿Ir al cine o al teatro? Ni hablar. Había pasado meses y años trabajando para mantener a Galaor y a las niñas, que sentía como hijas suyas, ahorrando hasta la última peseta. Sin permitirse comprar un helado, una caña, o un paquete de pipas, cuando efectuaba su paseo dominical o alimentaba los peces y las palomas en el Parque del Retiro.

¿A dónde iba en el retroceso? Colocaría un telegrama urgente a Colombia y Real del Marqués, cuyo texto había escrito en varias ocasiones: *Aeropuerto Soledad. Llegaré sábado en la noche. Vuelo 357 Avianca. Con muchísimo amor. Teodora.*

Después escucharía, al otro lado del océano, el estruendo causado por Clavel Quintanilla. Entre insultos, escobazos, chillidos infantiles, pedos sonoros, la querida fluctuaba entre el deseo imperioso de exigir sus derechos y la necesidad de convertirse en alguien invisible, mientras Teodora Vencejos la desplazaba hacia el otro extremo del pueblo... Y con ella a su padre, su madre, sus hijos pequeños, sus trajes y zapatos nuevos, sus trastos de cocina y su nueva preñez. Junto al río, Galaor le había comprado una casa con solar, patio, gallinero, alto sardinel. Hasta le había regalado una flamante máquina de coser Singer, televisor a color, armario de luna con doble puerta... ¿Y qué tanto era? protestaba. Tal casa no le acomodaba. Carecía de elegancia, prestigio, altura. Ella quería vivir permanentemente en el Hotel Ramona. Ser dueña, señora, madre respetada en la Calle de las Camelias.

—¡No me iré!— gritaba —¡No ahora! ¡Hace tres años que no me muevo de aquí!... ¡y no me da la gana mudarme! Estoy preñada de cuatro meses. Aquí está mi sitio. Galaor Ucrós, tú eres mi marido.

Y en seguida se escuchaba decir a sí misma,

—¿Dónde estará el doctor Amiel? ¿Dónde? ¿Se encontrará a gusto y con salud? ¿Tiene mujer?

Cuánto le hubiese agradado hablar con él, confiarle su angustia, pedir disculpas por no haberlo escuchado cuando se refirió al orden, la simetría, el derecho de las cosas. Ya nada sería como antes, jamás volvería a mirar en sus ojos directamente, ni su vida sería la misma.

—Lo que está en orden, está en orden— dijo el doctor. —No hay que mover la rutina de su sitio. Son los maridos que llegan un día antes de lo acordado quienes descubren a su mujer en la cama con otro. Pero, si se sigue un orden...

Lo que Teodora no podía escuchar eran las palabras que Visitación Palomino le dirigía a la mujer de Alí Sufyan,

—Teodora está muy lejos. Demasiado lejos. Me resulta casi imposible alcanzarla con mi modesto saber. Y es preciso acudir al remedio aconsejado por la Diosa.

—¿Cuál remedio?— preguntó Zulema.

—La medicina universal. El amor.

—¿El amor? ¿Con quién? Su marido tiene querida. Es un secreto a voces que prefiere a otras.

—¿Antes o después del beso?— doña Argenis, nerviosa, retorcía el faldón de su blusa extranjera.

—Antes. Teodora ha dormido en exceso. Y el beso está al final del camino, si es que ella logra retornar a salvo.

—¿Quién puede ser el hombre?— Zulema contempló desolada a la durmiente.

—Ese hombre es mi hijo Perucho— en Argenis Cervera el celo maternal ahogaba la vergüenza. —Creo que nunca ha tenido a una mujer debido a su aflautada voz, en tamaña estatura. No quiere que nadie se burle de él... ¡y es muy desgraciado! Todavía no le conocemos novia o escarceos. Amar a Teodora le haría mucho bien.

—¿Y si tiene escrúpulos?— Zulema quería acertar en la elección.

—No lo permitiremos. Le daremos de beber agua de manzana con gotas de adormidera, y nunca sabrá si sufrió alucinaciones, fiebre de semen, o si su imaginación estaba fuera del cauce... ¿Está enamorado?

—No lo creo. Mi muchacho no ha tenido suerte.

—Mejor que mejor— Luminosa revoloteaba azotando el aire con ramas de cicuta y altamisa. —No hay nada más saludable que un primer amor.

—¿Cuándo?— inquirió doña Argenis cautelosa.

—Esta misma noche. Debemos darnos prisa o Teodora se extraviará en los mismos confines del olvido.

Menos mal, como dijo Zulema Sufyan, por una vez el destino era propicio. Perucho Cervera, que dormía en la habitación contigua para evitar que Teodora se lastimara cuando caminaba sonámbula y había permanecido a su lado durante noches difíciles, aceptó beber una alcarraza entera que contenía "agua de vida". Según le aseguró la propia doña Argenis, tal bebida le ayudaría a derrumbar las vibraciones energéticas que flotaban alrededor de la cama y formaban murallas piramidales que impedían a sus amigos comunicarse con ella y traerla nuevamente al mundo real,

—¿Qué debo hacer?— volaban gallitos en su voz.

—Permanece en tu alcoba, relajado y con la mente abierta a los destellos astrales ¡y ten fe! Visualiza a Teodora, tómala de las manos y pídele que regrese.

Entretanto, Teodora, en su recorrido por los vericuetos del pasado, asistía a los frenéticos preparativos que demandaban sus visitas a Real del Marqués. Como otras veces, había anunciado su viaje con semanas de anticipación y se preparaba a disfrutar tan deliciosa espera. Solamente que su espíritu estaba al borde y a la vez distante de los afanes familiares... ¿Qué sucedía? Vio a Galaor correr frenéticamente calle arriba y calle abajo para bajar su enorme panza, mientras Demetria y Esmaracola ¡pobres cenicientas! ensayaban a forzar juanetes y callos entre zapatos nuevos, después de haber caminado dos y tres años con abarcas, a talón limpio y sin sudar una media. Renegaban también de la elegancia, pues preferían franelas cómodas, jeans desteñidos, trajes de florones comprados en los tenderetes del mercado. Con la complacencia de Clavel, la ropa fina era vendida a precio ferial o canjeada por billetes de lotería. Y es que la Quintanilla aspiraba a enriquecerse de golpe para trozar las amarras que unían a su familia con la odiada Teodora.

Después, como si asistiera a la película de su vida pasada, Teodora disfrutó de la engañosa alegría que circundaba sus breves estancias en Colombia y aspiró el aire del terruño. Galaor y las dos niñas esperándola en el aeropuerto, divinamente vestidos, acompañados por una banda que entonaba canciones de la misma entraña.

Te voy a hacer
una casa en el aire
solamente pa' que vivas tú

Y la entrada triunfal al Hotel Ramona, bajo un arco de flores, cerrado al público y donde bullía la fiesta que duraba los quince días de su permanencia en el país. Alegres veladas en donde ella repartía obsequios a sus amistades y recibía a su vez empanadas, carabañolas y los dulces que tornaban en el exilio más dura su añoranza; ñame, papayuela, esponjado de guanábana, cascos de icacos y limón, Galaor tocaba al piano barcarolas, sonatas y minuetos, que dedicaba a su mujer con enternecedoras sonrisas. Demetria y Esmaracola mostraban sus radiantes habilidades y cantaban a dúo sentidas canciones,

Al saber que muy pronto
ibas a volver
florecieron las rosas
en el rosal

Y en un momento dado, doña Argenis Cervera repartía ron blanco, whisky y piña colada, mientras los mayores bailaban canciones añejas en la voz de Leo Marini. La pierna de Galaor abría sus muslos y ella sentía ardor y frialdad, temor y alegría, porque la hora del amor clamaba y los vecinos, al despedirse, se disputaban la alegría de hospedar a Demetria y Esmaracola.

Teodora amaba y temía la hora del amor. Tendida horas enteras sobre las sábanas perfumadas con verbena y jazmín, escuchaba arrullarse a las palomas. El otro arrullo, las suaves palabras de Galaor, contenían las auténticas dimensiones de su vida. Los labios finos, bajo el precioso bigote, recorrían golosos sus hombros, axilas, caderas, pubis; las manos calurosas estrechaban su cuerpo hasta los tuétanos. Teodora creía morir de anhelo y ansiedad ante la perspectiva de una entrega largamente deseada ¡Y no! Aquel Pipí-de-oro tan celebrado en otros tiempos por las muchachas retozonas y las falsas sobrinas de Leocadia Payares retrocedía al deslizarse hacia el horno transformado en volcán. Lloroso, atribulado, Galaor reforzaba la frase que los perdularios y nocheriegos acomodaban a la insatisfacción de Teodora.

—"Mi marido siempre me deja con ganas"—.

Lo cual era rigurosamente cierto. Rap rap dap, en segundos la pala hinchada iba a zanahoria y de nabo a botón de inocente párvulo ¡y nada qué hacer! Así permanecía ante el sonrojo y la vergüenza del dueño. Daba lo mismo que Galaor consumiera frutos del mar o poderosos reconstituyentes aconsejados por el médico, o se sometiera a una dieta de chontaduros hervidos en vino o jugo de borojó. El susodicho objeto no izaba la testa; según decían los malintencionados, encogido por la voracidad de Clavel. Y como pueblo chiquito igual a infierno grande, las desdichas de Ucrós excitaban la imaginación y la creatividad general. No sólo proliferaban las ventas de ostras y pescado frito. En las refresquerías licuaban mezclas bautizadas "Potencia", "Boxeador" y "La mujer amada" donde al zumo de naranja se le añadían yemas de huevo, polen y jalea real, algas y raíces chinas. Visitación Palomino no daba abasto despachando ceviches de chipichipi, róbalo y sierra cocidos en limón y ron Tres Esquinas, destinados a los ociosos del American Bar. Las vivanderas del mercado encargaban a la Guajira huevos de iguana, carne de tortuga y manatí, lo mejor para arrebatar amores según dicen los que saben. Y es que la impotencia de Galaor frente a Teodora ofendía al orgullo local; eran muchos los hombres que se hubiesen cambiado por él en aquellos deberes maritales en donde el susodicho ni metía gol ni llegaba al jaque mate.

Teodora —dormida— creía aún en su marido y atribuía sus fracasos a la reiterada ausencia, y una vez más cometió el desliz de solicitar consejo a Luminosa. Y lo hizo en voz alta,

—¿Qué puedo hacer? Pregúntale a María Lionza... ¿qué?

—¿Hacer sobre qué? ¿sobre quién?

—Es Galaor.

—¿Qué tiene?

—Mal de amor y fifo seco

—Descuida. Yo lo arreglaré.

—No hay duda— dijo Luminosa. —La Diosa aprueba nuestra idea.

Entre dormido y despierto, zurumbático, y como si viviese un cuento de Las Mil Noches y una Noche, Perucho Cervera fue guiado por Zulema y Luminosa hasta la cama húmeda en donde Teodora Vencejos gemía y suspiraba por una pasión que jamás había logrado satisfacerla. El fuego que la devoraba no distinguía entre un cuerpo de hombre y un cuerpo de muchacho… ¡y allí estaba el joven Cervera! Saludable, fuerte, ansioso, que hasta esa noche no había colocado mano sobre pecho de mujer.

Menos mal era noche del viernes. En las afueras de Real del Marqués sonaban tambores de cumbiamba. A lo largo del río las muchachas corrían hacia las verbenas. En el improvisado balneario los turistas escuchaban trompetas, acordeones, y ensayaban a bailar merengues, salsa, vallenatos. La música rockera que estremecía los cimientos de Residencias Argenis ¡el colmo de la modernidad! mitigaba los alaridos gozosos de Teodora.

La discípula

Casarse sin tener un solo centavo, crédito en las tiendas o trabajo en perspectiva, no es buena idea. A Teodora le comenzaron unas jaquecas horribles ante tal desazón. ¿Qué hacer? ¿Y cómo hacerlo? La única solución a tantos males —lo dijo juiciosamente Galaor— era vender la casa y con el dinero obtenido abrir un negocio de viandas en Barranquilla. Teodora trabajaría en la cocina y él, matriculado en su apostura y simpatía, atraería a clientes elegantes. Se harían famosos preparando menús exquisitos para matrimonios y otros festejos. En pocos meses tendrían a la ciudad entera en los bolsillos.

—Ahora nos casaremos por lo civil y después como Dios manda… ¿me escuchas?

—Sí, mi amor, escucho.

A Teodora le dolía la cabeza, y no atinaba sino a decir "sí, mi amor" y "lo que tú digas, mi amor". Sin embargo, se creía en el séptimo cielo al compartir con Galaor las habituales siestas de hamaca, entrepiernados, la mano masculina leve y respetuosa, colocada unicamente sobre la dalia húmeda, cuando Teodora fingía dormir, o prodigando toques saltarines sobre los maduros pezones y por encima del relavado traje.

—¿Estás despierta?

—Si, mi amor.

—¿Vendemos la casa, entonces?

—Lo que tú digas, mi amor.

Pero, justo al colocar el letrero de *Se Vende*, los emisarios del doctor Amiel hicieron presencia. Traían una carpeta con letras vencidas y cuentas firmadas por Teodora y todos los vales que Galaor Ucrós había regado en hoteles, moteles, bares, casas de citas, fondas, ventorrillos, tiendas, billares y otros sitios insólitos, como heladerías, lecherías, ventas de raspado. Las obligaciones contraídas por ambos sobrepasaban con mucho el valor de la propiedad y las amenazas de embargo no perdonaban ni las deudas antiguas de la difunta doña Ramonita. Por lo demás, don Martiniano Vencejos había amarrado los otros bienes que pertenecían al patrimonio y no se podían tocar.

Y como por imitación, los amigos íntimos se envalentonaron y a Teodora comenzaron a cobrarle favores, y tan pequeños que ni los recordaba. Ojales y dobladillos fileteados por Roseta, tamales amasados por Visitación, hasta sumas ridículas relativas a una libra de sal o tres rajas de canela, fiadas en la tienda de los Cervera. Alí Sufyan, tan devoto siempre, sacó a relucir una ropa interior que ella había necesitado durante el luto de doña Ramonita, cuando la Quintanilla apareció como última visita de pésame y encerró bajo llave al joven Galaor.

Abrumada, Teodora acudió a consultar a Luminosa Palomino, única persona en Real del Marqués a quien se atrevía a solicitar benevolencia y crédito. En dicha ocasión, la sacerdotisa de María Lionza encendió un cabo de vela y leyó los temblores de la llama.

—Un hombre te espera al confín del mar. Las estrellas viajan al revés.

—¿Un hombre? Ya tengo el mejor de todos. ¿Y qué tienen las estrellas en mi contra? ¿Yo qué les hice? ¿Y qué hay del amor?

—¿El amor? Depende de tí.

—No entiendo nada.

—Procura entender.

—¿Y del matrimonio, qué?

Luminosa mojó los dedos con saliva y apagó los últimos estertores de la llama que había tomado un turbio azul cobalto.

—No ví nada. No pude verlo.

—De todas maneras, voy a casarme.

—Es cosa tuya.

—¿Y el dinero?

—Con el sudor de la frente y otros sudores. Así vas a ganarlo.

Debido a las duras circunstancias, el matrimonio fue organizado a toda carrera. Los emisarios del doctor Amiel se preparaban a efectuar el embargo y apretaban ferozmente el torniquete. Era necesario salirle adelante con hechos cumplidos.

—Amiel no se atreverá a humillar a mi señora esposa— decía Galaor para consolar a su novia.

El vestido fue prestado por Hada Reales, una sílfide en sus tiempos, (conmovida a última hora por tanto amor y a espaldas de los Cervera) y a Teodora le quedaba escandalosamente estrecho. A través del raso calcaba sus pezones tostados, el estómago redondo, el pubis sin afeitar y lo más absurdo, la frenética actividad de las polillas que literalmente habían enloquecido de hambre al tibio contacto con la piel, y, minuto a minuto horadaban los letines, el madrás, las pasamanerías, bordados en pata de cabra y punto de comino, zampándose todos los lacitos, tirantes e hilos que tramaban los elásticos mientras que ella subía las escaleras del juzgado con un ramito de cecilias entre sus manos. Saltaba a la vista que estaba inquieta, como si antes de tiempo el mañoso Galaor jugueteara en sus sobacos, ingles, corvas y los laditos de la nuca, hasta en el caracol de las orejas sabiamente perfumadas por Luminosa Palomino, quien a punta de ruegos había accedido a bañar y vestir a la novia.

—¿Qué clase de matrimonio es éste?— criticaban los mirones. —La novia parece a punto de mearse de la risa.

Firmada el acta, después del sí, y del brazo del flamante esposo, a los mirones no les quedaría la menor duda. ¡La nueva esposa era una desvergonzada! No tenía nada, nada bajo el raso nupcial. A las polillas el apetito de algodón les trastocaba las células y se devoraban una a otras bajo el traje prestado, ante el júbilo de Hada Reales, a quien un fabricante de rosarios y santos de bulto dejara metida, —como las novias de Barranca— al averiguar que trabajaba en un sitio como el American Bar. ¡Aquella era su oportunidad! para quemar el vestido y acabar con aquella fama de haberse quedado "con los crespos hechos" y al pie del altar.

—Nada ni nadie logrará separarnos— dijo Teodora al besar a su esposo, de regreso a Real del Marqués y en un bus de línea, pues no había dinero ni para alquilar un taxi —¡Eternamente estaré contigo!

Embargada por la pasión y con supremo orgullo, aferrándose del brazo de Galaor, recorrió la Calle de las Camelias para vivir su primer día de amor a cambio de fiesta, plácemes, champaña y arroz. Unicamente esperaba saborear un sencillo trozo de ponqué, compartir una copita de vino dulce y su intensa felicidad. Sin embargo, junto a la puerta de la casa la esperaba una gran caja tamaño nevera, envuelta en papel plateado, con un moño rojo encima. Su contenido era, como todas las cosas en el pueblo, un secreto a voces. Y medio mundo, de gancho y formando corrillos, paseaba de arriba abajo por las cercanías con aire distraído. Es claro, a nadie se le ocurría advertir a Teodora sobre el peligro que la esperaba. Bueno, no exactamente a nadie. Peruchito Cervera intentó impedir que ella aceptara el envoltorio nefasto, colgándose de los drapeados y ruches del traje.

—¡No la toques! Adentro está el coco— lloriqueó, sin que la eufórica muchacha escuchara su protesta. ¡No iba a despreciar un regalo! Y encima, Galaor que detestaba cordialmente a Peruchito, no vaciló en apartarlo con disimulados pescozones.

¿Qué sería? Teodora vaciló en introducir en su casa aquel presente envenenado, observada desde una esquina por Clavel Quintanilla, torva encarnación de la venganza. Despechada, furiosa, había decidido fastidiar por siempre a su rival, empacándole a las hijas tenidas con Galaor.

—¿Por qué no impediste ese matrimonio?— le preguntaban sus amigas—. Hace rato Ucrós hablaba de casarse. Bien lo sabías.

—Nunca creí que el estúpido diera para tanto.

—Estará enamorado— intervenía doña Argenis Cervera.

—¡Qué amor ni qué ocho cuartos!— chillaba —¡Seguro que lo obligaron! ¡Pero no disfrutará del condumbio! Estoy nuevamente embarazada.

Las niñas, Esmaracola de cuatro años y Demetria con año y medio, agarraron un berrinche que les duró toda la noche de bodas y alcanzó para los días siguientes. Aquellos momentos apasionados que Galaor Ucrós había prometido los pasó Teodora limpiando orines, caca, mocos, leche derramada, comida a medio masticar. Bastaba que Galaor intentara darle un beso, un mordisquito, llevarla con disimulo hasta la cama para que se formase tremendo alboroto. La gritería justificaba los degüellos de Herodes y los billaristas del American Bar, que se turnaban los espías para averiguar a qué horas el taco de Galaor metía la primera carambola, estaban perdiendo a rodos las apuestas.

El padre Imeldo Villamarín, Aly Sufyan y el abogado Catón Nieto tomaron cartas en el asunto cuando las niñas comenzaron a llamar "mami" a Teodora. Un "mami" que salpicaba mimis por todas partes. "Mami quiero mis dulces, mami quiero ir con mi papi, mami quiero mi tete, mi baño, mi naco, mi leche". Infructuosamente buscaban a la Quintanilla. Y es que la querida tomaba desquite. ¡De farra en farra...!, realzaba sus cabellos, escote, ojos renegros, con sedas, collares, candongas, brillante maquillaje. Bañada en lavanda y pachulí gozaba todas las verbenas a lo largo del litoral atlántico. Entre aquellas faldas cortísimas, ceñidas, los hombres se peleaban por bailar con ella.

Lo peor es que Teodora sentía lástima por las niñas abandonadas. Veía a Galaor como a una víctima. Si esa mujer desalmada, perversa, trataba tan mal a sus hijitas, ¿qué no haría a un joven inocente, débil, huérfano por añadidura? Pues bien, ella era capaz, fuerte, e hija de don Martiniano Vencejos. Había sido educada por una madrina virtuosa, ahorrativa. Tenía suficiente tiempo para disfrutar a su luna de miel, el futuro por delante. Ser madre por anticipado no la mortificaba. Unicamente la actitud de Galaor. Estaba muy triste, desolado. No era el caso agobiarlo con reproches. Por supuesto, ella comprendía el que visitase el American Bar y tornase a la madrugada con tufo de ron o cerveza. Las niñitas exigían atención, desvelos. Y cuando Teodora tenía un respiro e imploraba,

—Ven conmigo. Hazme cariñitos,

él apenas si podía abrir los ojos debido a la fatiga, el trasnocho, la tristeza de sí mismo.

—Hoy no puedo. Dame un poco de tiempo.

Era el tiempo lo que se acabaría primero. A los quince días de efectuado el matrimonio, los emisarios del doctor Amiel decidieron hacer efectivas ciertas amenazas de embargo. Acompañados por el abogado Catón Nieto, un secretario de juzgado, un secuestre y dos empresas de mudanzas, comenzaron a primera hora de un lunes a realizar la diligencia. Dos cargadores sacaban escaparates, mesas, sillas, consolas y hasta chismes de cocina, el piano y los espejos, ante la insaciable curiosidad de los realeños. Entre la concurrencia sobresalían los jugadores perniciosos que anotaban el número de taburetes, sartenes, butacos, reposeras, micas, palanganas, con el ánimo de apostar al chance y a la lotería. Galaor Ucrós había salido por la puerta de atrás. Las niñas arrastrándose en el suelo lloraban en tono operático.

A medio día la casa estaba tan vacía que hasta las últimas polillas, arañas y lagartijas huían en desbandada. Los emisarios de Amiel fingieron escuchar los ruegos de Teodora y, después de hacerle firmar un documento —ante testigos— en donde se comprometía a trabajar con y para el doctor hasta que la deuda fuese totalmente cancelada, ordenaron a los cargadores colocar los muebles y trastos nuevamente en su lugar.

Aliviada, Teodora empeñó su anillo de bodas para comprar leche, huevos, avena, arroz, manteca y carne. Suplicó a doña Argenis le "echase un ojito" al pobre Galaor que había regresado contrito a encargarse de niñas y casa. Y, al despedirse, como quien marcha al potro del suplicio, prometió regresar en breve. Realizaría únicamente un corto viaje a Bogotá; media hora desde el aeropuerto de Soledad al aeropuerto Eldorado. Tres, cuatro días para arreglar sus asuntos con el doctor. Ni más, ni menos.

Amiel, que a la sazón organizaba sus negocios en Europa y estaba de paso en el país, exigía que ella le dedicase todo su tiempo.

—No tienes derecho a negarte. Ni a discutir mis condiciones.

¡La tenía en sus manos!, con su habitual desfachatez y falta de caridad cristiana, enumeró lo que esperaba de Teodora. Ella escuchó atenta, sosegada, tragándose sus lágrimas. Hubiese podido alegar coacción, irrespeto, lesiones a la feminidad, quebrantamiento del núcleo familiar, violación de los derechos humanos. Pero si no pagaba con trabajo su casa sería rematada y nada ni nadie salvaría de otra humillación a sus seres queridos. Y faltaban varios años para que pudiese disfrutar del resto de su herencia.

—Está bien, doctor. Haré lo que usted diga.

—No es un favor. Tienes que cumplir.

Amiel exigía que se encargara de hornear pudines, destilar esencias, preparar banquetes, ensayar nuevas recetas. No sólo esperaba tener en ella una modelo, musa, compañera de viajes y empleada. La necesitaba veinticuatro horas bajo el mismo techo.

Redondear el acuerdo no resultó fácil. A pedido de Teodora, se discriminó cada función ejercida y con retribuciones distintas. El trabajo normal quedó bajo las leyes laborales de España a donde iban a trasladarse, sin que el importe del viaje entrase en las deudas. Los otros servicios exigían normas estrictas. Fue necesario abrir un grueso libro con amplios capítulos, pues según las especialidades así iba aminorando la deuda. Según el día, la hora, el momento, ascendían o descendían los valores. Después de todo, ella había heredado el sentido comercial de don Martiniano y era discípula de doña Ramonita Ucrós, nacida De Céspedes. Las deducciones partían de las mil pesetas, vertidas a pesos colombianos, se doblaban o multiplicaban según las solicitudes de Amiel para trabajar o inspirarse. Iban desde un beso en el tobillo, la pantorrilla, las corvas o las ingles. Si los besos tenían incluída la lengua, las pestañas, las manos o la voz. Si Teodora era acariciada en la nuca, rodillas, en las espaldas o el trasero; si desnuda o no, si con sujetador o medias de vena, si bajo el delantal, la combinación de seda o los leotardos. Si posaba en domingo o días festivos; si dichos festivos correspondían a fiestas de guardar o fechas cívicas. Si él la quería mojada con agua o vino, con los senos y el ombligo rodeados de estrellas, florecitas, círculos coloreados. Si prefería contemplarla bajo encajes, velos, sombrillas o lluvias de serpentinas.

Fue un convenio extenso, ominoso, sin parangón en la historia del derecho y el comercio. Teodora ¡que Galaor nunca lo supiese! se plegó a los más absurdos caprichos de Amiel. Los precios subían si tomaban una ducha juntos; contaba la bañera, las sales aromáticas o los riegos de leche o sangría. La aplicación de perfumes y ungüentos costaba mucho más, e igual sucedía con las apetencias no escritas, que ella cobraba enseguida y en efectivo. Lo único que nunca admitiría es que el doctor tomase por asalto el rosado joyero que pertenecía —sellado en su fondo— a su cónyuge, real dueño y señor, aunque le permitiese a su flecha juguetear entre los pliegues, los caracoles de las orejas, las líneas del cuello. Hasta acariciarle los hombros y pechos con briosas expediciones nocturnas a galope tendido. No siempre; no. Solamente cuando los delirios creativos de Amiel lo demandaban con urgencia.

Era un convenio destinado a durar un año, máximo dos, mientras la fama del doctor como gran maestro de cocina, creador de esencias y diseñador de ropa íntima, se consolidaba bajo una misma marca formada con sus iniciales que, al ser alineadas caprichosamente —M anuel A miel O rduz R ey— se transformaban en la palabra Amor. Si tal convenio abarcó en principio cinco años, ello obedeció a una idea de Galaor; la de transformar la casa en un moderno hotel. Después, por unos hechos y otros, la vida arrastró consigo inviernos y estíos. El Hotel no tuvo suerte. Las niñas tenían que asistir a excelentes colegios. Los gastos crecían. Sin embargo, tarde o temprano, Teodora sería libre para reiniciar una ardorosa vida matrimonial.

Dos lustros, tres años y seis meses más tarde, Teodora Vencejos seguía obsesionada con el sueño inicial. Si no hubiese rebajado quince kilos, sentido antojos de visitar a la familia y viajar a destiempo (desoído los prudentes consejos del doctor Amiel) quizá otro hubiese sido su destino.

Arrebatos

Desde su adolescencia Perucho Cervera había perdido sueño, apetito y tranquilidad, azotado por fogosos arrebatos. Su ansia de mujeres devoraba a diario piernas largas, caderas ondulantes, tobillos finos. A distancia era capaz de olfatear una piel acanelada, de raso, o semejante a la pomarrosa. Sus ojos persiguieron bellas quinceañeras, castas Hijas de María, muchachas alegronas y viudas de senos hambrientos, sin que ninguna se hubiera dignado a tomarlo en serio después del primer saludo. Como siempre, había una excepción a la regla: Roseta, la pequeña modista. Una excepción que él no tomaba en cuenta, ¿por qué hacerlo? si se conocían desde niños y su amor no significaba conquista.

Pedro Amado Cervera, a sus veintitrés años, era un machazo de elevada estatura, músculos compactos, caderas estrechas, manos enormes, perfil arrogante. Sus ojos lánguidos y amplia sonrisa relumbraban. Hubiese podido llevar de un ala a todas las muchachas de Real del Marqués y satisfacer un ramillete de amantes voluptuosas. No obstante, la naturaleza había resuelto socavar su mismo afán de perfección. Pedro Amado Cervera poseía un voz aflautada, cargada de gallos, que movía primero al asombro y luego al irrespeto. Ni siquiera las falsas sobrinas de Leocadia Payares, renovadas constantemente, tenían la cortesía de aguantar la risa al escucharle.

—De malas...— como decía Teodora.

Para borrar el defecto, los esposos Cervera llevaron a su hijo a los mejores especialistas. No lograron mayores resultados. Sicólogos, endocrinólogos, fonoaudiólogos, no encontraban el núcleo del mal. La falla estuvo durante el crecimiento, decían, y la raíz del mal campeaba seguramente en una glándula aparentemente normal, pero atrofiada. Dios o el azar podrían salvar a Pedro Amado Cervera. Era preciso tener fe.

Perucho Cervera, salvo una que otra borrachera tenaz, no acudía a casa de Leocadia Payares. Y al hacerlo actuaba como el duro del séptimo arte. Tomaba whisky, miraba directamente a los ojos del contrario, pagaba con largueza y se marchaba sin decirle a ninguna entretenida "negros tienes los ojos". Con lo cual, seguía tan virgen como su madre lo imaginaba.

Así, pues, el hombre que durante años había languidecido por culpa de damas, muchachas y bataclanas, fue pez en el agua al introducirse en la cama de Teodora. Al tocar otra piel, el calor y las ondulaciones, su resorte comenzó a disparar a ritmo de ametralladora.

—Ayyyyy ¡madre mía!.— tampoco cesaban los gritos de la señora Ucrós.

La contienda entre los dos sedientos hizo reverdecer el mismo árbol de la vida. Ella errante en las profundidades del sueño y él sumido en una extraña duermevela; ambos en un vuelo sin alas ni viento ni fronteras. Así, hasta las cercanías del alba, cuando Perucho en un último florilegio, encajó su estilete en la preciosa funda y detuvo ¡por fin! el acelerado vagabundeo de Teodora por el desfiladero que separa el olvido de la sinrazón. Lo dejó allí, tan vivo como en la primera andanada, pero en reposo, gozando de aquel cobijo hecho casi, casi, a su medida y, sin embargo, completamente ajeno a sus reales apetencias.

La música en el balneario se había desvanecido con los últimos destellos del neón. Hoteleros, trabajadores y turistas dormían. Luminosa Palomino, doña Argenis Cervera y Zulema Sufyan, que montaban guardia en la habitación contigua, acudieron atraidas por el repentino silencio. Y en la sonrisa hechicera que adornaba el rostro de Teodora comprendieron que la situación estaba controlada. Ella desandaba peligrosos caminos. Se veía en sus cabellos relucientes, su piel con tersura de nardo, en una risa para sí misma que tenía consistencia de arrullo: de paloma torcaz.

Como el "agua de vida" perdía efecto, y Perucho aún estaba invadido por el intenso placer que la posesión de Teodora le había deparado, lo empujaron a su cama, tomándose el trabajo de vestirlo completamente para evitar que albergara sospechas sobre lo ocurrido.

—Ahora, más que nunca, necesitamos al doctor Amiel— dijo Luminosa: —otra ocasión de encontrar un hombre virgen y a mano, no volverá a repetirse.

No había duda que María Lionza había permitido la unión, sin que los dos implicados tomaran conciencia del hecho, ni la añoranza o la memoria surgieran en sus deseos al devanarse el futuro.

—¿Qué sucede, hijo?—

Perucho despertó transido por la sed, hacia la madrugada. No recordaba, siquiera, que había prometido "atraer" a Teodora si llegaba a vislumbrarla en sueños.

—Estoy feliz y con ganas de llorar y mear. Las tres cosas a la vez...— su voz resonó en la habitación. Masculina, cálida, profunda.

—¿Te encuentras bien?

—¡Como nunca!

Perucho Cervera estaba completamente vestido y hasta calzaba mocasines. Abandonó la cama de un salto. Era como si el genio de la apostura y la virilidad le concediera súbitamente sus dones. Corrió hacia la ventana, gritó un aaaahhhhhhhaaaahhhh que desveló a medio balneario y tenía la resonancia abismal de todos los aaaaahhaaahhhheeeeeeeaahhhhhh emitidos por los actores que han personificado al Hombre Mono desde que el celuloide se apropió del personaje creado por Edgar Rice Burroughs. Salió de *Residencias Argenis* saltando las escaleras de cuatro en cuatro y, después de un estentóreo "hasta luego, mamá", corrió desalado hacia la casa de Roseta Alvira. Repentinamente, sentía los ojos febriles de la modista clavados en él, y veía su falda ondear camino de la iglesia y amaba aquellos labios pálidos que solían saborear frescos de guanábana y tamarindo; se imaginaba quitándole la ropa lentamente.

Ella era una muchacha decente, poco amiga de rumbas y foforros, miembro de *Las Hijas de María,* que secretamente había prometido morir soltera si Perucho Cervera no llegaba a determinarla. Por lo tanto, su actitud fue motivo de escándalo y rechazo para los recatados habitantes del marco de la plaza ¿quién iba a sospecharlo? Roseta Alvira a quien no se le conocía ni novio ni mozo fue sacada de su casa al amanecer, medio desnuda, con los zapatos en la mano. Llevándola en brazos, Perucho Cervera no le permitió decir jota. Lecheros, panaderos y mujeres que iban a misa aseguraban haber visto a la muchacha hacer la "V" de la victoria con sus delgadas manos. Y, lo más bochornoso, aquel rapto público y consentido por la víctima, obtuvo cierta complicidad del padre Imeldo Villamarín. Pues, cuando las pudibundas Hijas de María acudieron a la parroquia para denunciar tan indigna conducta, el sacerdote no pareció ni un tris horrorizado,

—¿Ustedes qué tanto quieren?— les dijo — Roseta siempre estuvo enamorada de Perucho, y él no era ni por asomo un príncipe azul.

—¡Es una afrenta para la cofradía!— alegaron las muchachas.

—Perucho Cervera es rico y avispado, aunque tenga voz de fotuto.

—Ahora dizque habla como los cristianos.

—Mejor que mejor. Ya le ajustaré las cuentas.

—Ella es como siete años mayor.

—Sabe lo que hace.

—Perucho ha ofendido a todo el sexo femenino de Real del Marqués.

—Les ordenaremos casarse en misa mayor para reparar sus culpas.

Perucho Cervera y Roseta Alvira permanecieron ocho días con sus noches encerrados en un motel de la carretera al mar, al final de los cuales él apareció en un camión destapado y en compañía de una orquesta que tocaba ritmos bailables, para izar en la ventana de su alcoba el pabellón nacional. En su nombre tres camareros repartían licores variados, mientras amigos, parientes, turistas, ociosos, bogas y chancheros brindaban por su fortuna.

—¿Cuándo es la boda?— preguntó su madre.

—Ni idea. Está en manos de Teodora Vencejos.

Roseta Alvira había dicho que sí, sí sí y sí, aceptaba ser esposa de Pedro Amado Cervera. Con una condición: Teodora sería la madrina.

—Teodora— él intentó protestar —Está en babia. Temo que nunca escapará del ridículo, la humillación y la duermevela.

—Es mi ilusión. Si ella asiste a la boda, nuestro matrimonio será feliz. Tendremos muchos hijos.

—¿Y si no despierta nunca?

—Busca al doctor Amiel. Un beso suyo logrará despertarla

—¿No hay otro remedio?

—No.

Perucho Cervera tenía posibilidades de ligar con diez, veinte, cien mujeres, si así lo deseaba. Desde que emitiera su aaaahhhhhhhhh en el balcón de Residencias Argenis las muchachas casaderas suspiraban por él. Desde el recorrido del camión-fiesta le hacían ojitos. Pero él todavía escuchaba a sus espaldas las carcajadas retozonas de quinceañeras, damas, muchachas y entretenidas. No cambiaría a Roseta Alvira ni por la última Miss Universo envuelta en clara de huevo y papel de seda. Y para complacerla estaba dispuesto a remover el mundo. En su calidad de nuevo rico que no tenía conciencia del valor del dinero como Alí Sufyan, ni mantenía hijos como Durango Berrío, Perucho Cervera no se atuvo al rastro telefónico que el turco había seguido sin abandonar el pueblo. Soñaba con gastar una fortuna recorriendo puertos y capitales y playas, los centros del juego, la buena vida y el derroche, lugares en donde el doctor Amiel estaba dedicado al desperdicio. Malbarataba su dinero con mujeres que no le interesaban un bledo, permanecía días enteros frente a las mesas de bacará y la ruleta, abandonaba su academia y sus negocios en manos incompetentes. Ya varios imitadores vendían una loción llamada "ardiente" que nunca prendía llama y, en cambio, producía alergias y ronchas. Una banda de latinoamericanos había invadido España, Andorra y Portugal con pantaloncitos comestibles y condones azucarados que causaban ardores estomacales. En Alemania se promocionaban semillas de girasol como si fuesen huevecillos de machaca. ¡Una catástrofe! Si Amiel no levantaba cabeza y resolvía el conflicto, terminaría en nada. Su fama y prestigio destruidos para siempre.

Antes de partir, Perucho había consultado a la Palomino, quien, frente a un mapa de Europa y utilizando un péndulo, había señalado con su gordozuela mano derecha y uñas nacaradas los sitios preferidos de Amiel: Biarritz, San Juan de Luz, Cannes, Niza, San Sebastián. Y Madrid.

—¿Y cómo voy a encontrarlo?

—El te encontrará a tí.

Confiada en la fuerza del amor, Luminosa comenzó a engalanar a Teodora con los colores y joyas y adornos adecuados. Zarcillos, ajorcas, sortijas, con rubíes y granates, porque el rojo es el color del deseo y de la pasión. Los trajes de algodón o raso blanco para simbolizar el viento y el tiempo que arrastran consigo todos los cambios. En el cuello le colgó dos amuletos: ámbar que atrae la buena suerte y cuarzo para concentrar las energías positivas del cosmos. Los cabellos se los trenzó con ramas de laurel, romero y verbena, pues la esperanza es lo último que se pierde. "Después de cada invierno o cataclismo —murmuraba al oído de Teodora— la naturaleza vuelve a renacer".

Además de Luminosa que permanecía horas y horas concentrada en la figura del doctor Amiel, doña Argenis, Zulema, Hada Reales, Roseta Alvira y la mujer de Durango Berrío se esforzaban en atraerlo mentalmente. Al hacerlo no comían, no dormían lo suficiente, olvidaban abotonarse las blusas y responder a los saludos.

Por supuesto, sin que ellas lo supieran, ya el pueblo estaba alerta. Las apuestas comenzaban a cruzarse con furor ¿Regresaría el doctor Amiel? ¿Recobraría Teodora la razón? ¿con beso o fifada? ¿Cómo sería el asunto? ¿cuándo y a qué horas? El padre Imeldo Villamarín, que debido al lodo curativo parecía veinte años más joven, habló en el púlpito rechazando el indigno vicio del juego y los tejemanejes vilmente fraguados alrededor de una mujer amodorrada. La alcaldía, por su parte, elevó los impuestos municipales al juego del chance y a las salas de bingo, porque la lotería no podía ser tocada. Era asunto estatal. Clavel Quintanilla, con un nuevo hijo en brazos, había comenzado a temer por el futuro de su prole y deseaba cortar por lo sano. ¡Estaba harta! Quería como marido a Galaor, y no a "don Galaor Ucrós" y había resuelto desbaratar los planes trazados por los amigos de la Vencejos. Ojalá babeara en el limbo por toda la eternidad. Así podría ser declarada tonta, loca, inválida. Galaor podría internarla en un asilo, y ella se encargaría de meterlo de una vez por todas en cintura. El plazo que don Martiniano Vencejos había instaurado para que su hija disfrutara de la totalidad de la herencia estaba por vencerse ¿y quién administraría los bienes? Doña Clavel Quintanilla. Pues "Don" Galaor no iba a dilapidar una fortuna que, si había justicia, pertenecía a Demetria y Esmaracola.

Galaor Ucrós, por su parte, ya no le veía gracia al asunto. A la larga era más divertido tener una esposa noble, trabajadora, seráfica, residenciada siempre en el extranjero. En ese tiempo feliz él sí hacia su real gana. Además estaba aburrido de la Quintanilla, sus ínfulas, sus constantes embarazos. Echaba de menos el dinero y la dulzura que Teodora aportaba al diario vivir. Quizá, quizá, si despertaba, la suerte sería otra. Valía la pena probar. Si él adelgazaba, volvía a rizar su bigote, abandonaba la farra y actuaba siempre como un marido contrito, arrepentido, amoroso, la superstición del beso podría funcionar. Ella le perdonaría ¿por qué no? El, Galaor Ucrós, era su príncipe encantado.

Un beso de amor. Un mordisquito... ¡rápido! Teodora no debía encontrar frente a ella otro rostro al despertar. ¡Ningún oportunista ganaría la partida!. El tenía toda la razón y todos los derechos. Era, también, experto en las artes eróticas. De ello daba fe la Quintanilla, las falsas sobrinas de Leocadia Payares y otras señoritas de Real del Marqués. Era el turno de Teodora Vencejos. La haría inmensamente feliz. ¿En dónde encontraría otro hombre como él? Tendría que estarle muy, pero muy agradecida, por dedicarle el resto de su preciosa vida.

Así, por razones distintas, Galaor Ucrós y Clavel Quintanilla contrataron a varios matones para que atajasen al doctor Amiel y le impidieran la entrada a *Residencias Argenis*. La querida, mientras encontraba un abogado comodón y un médico que ignoraran los antecedentes de Teodora y la palabra compasión. Galaor, con la esperanza de rebajar los kilos que lo transformarían de nuevo en un apuesto galán.

La dicha

Ni Pedro Amado Cervera ni el doctor Amiel sospechaban ningún mal cuando llegaron, cinco días después, a Real del Marqués. Una extraña casualidad, o el péndulo embrujado de Luminosa Palomino, los había reunido en el aeropuerto de Barajas. Preciso, cuando Perucho detenía un taxímetro y el doctor se dirigía a comprar un pasaje de ida y vuelta a París donde le esperaban tres discípulas ansiosas. Como único equipaje llevaba un pomo gigante de "Arde", ya que las francesitas deseaban hacer el amor en una barcaza a orillas del Sena para ser vislumbradas en fulgor a través de las escotillas y deseadas por centenares de hombres atónitos y ¡la dicha! odiadas por innumerables mujeres.

El viaje de recreo planeado por Cervera fue el más corto que turista realeño hubiese emprendido jamás. Su promesa a Roseta era primero. También había comprendido que Amiel corría un peligro tan grave como el de Teodora. De tanto ir de una mujer a otra estaba detrás de adquirir el sida perdido o, lo que era más terrible, corría el riesgo de estragarse, perder el gusto por un solo amor, acudir a los muchachitos o transformarse en verga loca, cuerpo sin alma. Fue así como Perucho no tuvo contemplaciones consigo mismo y perdió su única oportunidad de conocer la soñada Europa, como un soltero codiciable, aunque no sin compromiso.

Los viajeros no anunciaron su fecha de regreso. No tuvieron tiempo. No obstante, medio pueblo los reconoció al entrar por la carretera. Iban como pasajeros en el nuevo taxi de Durango Berrío, quien solía trabajar por aquello del espíritu deportivo. Se aburría en su casa y prefería estar al lado de las noticias.

Caía el atardecer con intensas pinceladas rojo labial. Los hombres que tomaban cerveza en la recién edificada terraza del American Bar declararon al día siguiente —con o sin permiso de la Alcaldía— día cívico. Nadie iría a trabajar. Muchos enviaron razones a sus esposas y queridas para que les enviaran la cena y el desayuno. Otros encargaron sancochos de sábalo y bocachico a la fonda de Visitación Palomino. Las calles se llenaron de vendedoras que ofrecían sábanas rojas, camas de agua, paté de langosta y faisán, champaña francesa, lagostinos gigantes, caviar, trufas, pulpo escabechado. Teodora Vencejos estaba de por medio; los árboles se cuajaban de flores, fluía el dinero, los realeños sentían la necesidad de multiplicarse. Era preciso hacer cálculos, barajar números: si el ocho significa el infinito, el uno y el tres evocan a Dios, el sesenta es sagrado por excelencia.

Nervioso, vigilado por ojos y ojos que fingían ignorarle, Manuel Amiel descendió del taxi, caminó a zancadas por la rampa que comunicaba la calle de las Camelias —convertida en sector turístico— con el perímetro urbano. Atravesó las terrazas que bordeaban las modernas piscinas donde circulaban el agua y el lodo medicinal calificados de milagrosos. Perucho Cervera y Durango Berrío, que caminaban tras él, no pudieron evitar el ataque de la gavilla de enmascarados que escondía sus artimañas en el dintel del *Hotel Ramona*. Un grupo había sido contratado por Galaor Ucrós y el otro por la Quintanilla, cada uno en el cumplimiento de sus planes. Cervera y Berrío, fieles a Teodora y al doctor, pero un tanto pesados debido al dinero y el buen vivir, ¡rrespondieron a puños, patadas, mordiscos...! Eran nueve contra tres. Los malosos cargaban manoplas, anillos metálicos, bolsas de arena. Perucho alcanzó a utilizar su recién adquirido vozarrón o de otra manera no hubiesen contado el cuento.

—¡Sinvergüenzas...! ¡Asesinos!

Debido al griterío armado por el personal de Residencias Argenis la tunda no alcanzó proporciones cinematográficas. El mal estaba hecho cuando los agresores huyeron. Perucho Cervera, con la nariz reventada, tomó en brazos al doctor, ayudado por Durango Berrío. Despacio atravesaron el puente construido sobre la piscina mayor, como un paso de Semana Santa. En el Hotel Ramona, Clavel Quintanilla echaba doble llave a la alcoba en donde Galaor dormía su última borrachera; las hijas, Demetria y Esmaracola, montaban guardia por si despertaba y pretendía forzar la puerta. Y del susto, en la trastienda de su almacén, Zulema Sufyan comenzó a sentir dolores de parto.

La sangre de la amistad enrojeció la entrada, el pasillo, las escaleras, regándose como pepas de granada. Con sus últimas fuerzas Durango y Perucho depositaron al doctor Amiel, descalzo, medio muerto, sobre la cama en donde Teodora se quejaba. Ambos susurraron,

—Bésala... bésala... bésaaala...

Embriagados por el aroma a marañones y sueño que Teodora despedía. Nadie hacía caso de ellos en *Residencias Argenis*, pues sus habitantes corrían a auxiliar a la Sufyan.

Por supuesto, enardecidos, los apostadores corrían desde el camellón del cementerio a la plaza principal; desde el río hacia el mercado y la carretera y el American Bar. ¿Beso o fifada? era en síntesis lo que se jugaba cinco a uno, dobles, triples, sencillos. Asisclo Alandete, que había sido citado por Galaor Ucrós para que le puliera el bigote, recibió un baño de agua caliente y la ira de la Quintanilla.

—¡Desgraciado! ¡Maldito! ¡Hijo de mala madre! Si te acercas a mi marido voy a matarte. ¡Ojalá Teodora Vencejos reviente de una vez! ¡Ay de tí, si hablas con mi Galaor!

Amiel, sangrante, sucio, escupiendo babaza, acogotado por Perucho y Cervera, despositó un beso en el cuello de Teodora y cayó de la cama aparatosamente. Afuera, la gente hacía fila para entrar a las piscinas. Las horas marchaban con la lentitud del calor.

Teodora emergió sonriente del nebuloso letargo. ¿Dónde estaba? ¿Quién era? ¿Qué hacía allí? Había tres hombres dormidos al pie de su cama. Aturdida y sudorosa se incorporó con un delicioso hormigueo en todo el cuerpo. Pero su gozo huyó ante la facha de Amiel, quien tenía la camisa rota, los labios hinchados, un ojo tumefacto y había perdido los lentes.

—Doctor, doctor Amiel..., mi querido amor...— enternecida comenzó a besar los pies desnudos, uña por uña, dedo por dedo.

Con temor rasgó su túnica blanca para vendar las heridas y raspones. Al contacto de sus manos y caricias delicadas, tejidos, músculos y piel, sanaban. Mientras le quitaba la ropa, descubrió en los bolsillos de la camisa un frasco de "Arde". Y recordó que nunca había disfrutado la maravillosa poción, ni con Galaor, ni con nadie ¡Qué tonta era!

—Amor lindo, mi precioso doctor Amiel...— por primera vez en su vida acariciaba el pecho, el rostro, los párpados de aquel hombre que siempre le había amado loca y desesperadamente, con un amor más allá del tiempo, los celos, la posesión, el amor mismo.

Al doctor apenas si se le escuchaba, lejos, muy lejos, la respiración. Estaba yerto. La piel amoratada y frotada con "Arde", recobraba segundo a segundo su color natural. No obstante, los latidos del corazón sonaban débiles, espaciados. Teodora sentía la vida bullir entre su cuerpo; sus senos temblaban de amor y deseo ¡estaba loca por su Amiel! Sin pensarlo dos veces exploró embelesada, tramo a tramo, meandros y rincones de la fortaleza masculina, muslos, rodillas, brazos, ingles. Arrodillada admiró el sexo henchido de municiones y poderío, aunque su dueño estuviese casi a las puertas de la nada.

—Un día...— comenzó a murmurar—, tú y yo seremos como Romeo y Julieta, Pablo y Virginia, Abelardo y Eloísa, Catalina y Heathcliff, Efraín y María, Simón y Manuelita, Wagner y Cósima, don Quijote y Dulcinea, Salvador y Gala, Ginebra y Lanzarote...

—... como Napoleón y Josefina, Antonio y Cleopatra..— finalizó él.

Abrió los párpados y con una sonrisa maliciosa iluminándole los ojos amelados comenzó a buscar el trono perfecto y la rosa que siempre había codiciado.

—Son el uno para el otro— Perucho despertó súbitamente remecido por Durango.

—Amiel y Teodora— dijo el taxista, mientras encendía un tabaco, pues de nuevo rico fumaba cubanos, sus dolores eliminados por el aura de Teodora.

De repente la habitación rieló en un cono de luz y una elipse azulada envolvió a la pareja mientras ella cabalgaba sobre el cuerno del unicornio.

—Te lo dije—. Amiel estalló en carcajadas triunfales —¡Te dije que un día te la iba a enfundar hasta la pepita!

La torcaza de ella gorjeó hambrienta, tan hambrienta que no lograría absoluta satisfacción hasta la madrugada. Perucho Cervera y Durango Berrío, cansados de aplaudir, se fueron a tomar un whisky. Zulema Sufyan ya tenía en brazos a los niños más hermosos de Real del Marqués y a un marido rendido, devoto, maravillado.

Teodora, perfumada con romero y verbena, entreveía las maravillas del porvenir. ¡Y el mundo era tan grande! ¡Y había en él tantos, y tantos hombres! Delicados japoneses, hermosos griegos, exóticos muchachos de Filipinas; había fieros machos mexicanos y divertidos madrileños. ¡Y los rubios! Dios, que rubios; de ojos azules, color de uva, miosotis. Y los negros aceitunados. Y los tunjos de oro. Y todos los fabulosos nativos de la tierra natal.

—Eres un tipo sensacional— dijo, inundada por la cercanía del máximo placer —¡Como tú no hay dos!— mientras, con los párpados cerrados, se prometía un mundo con sábanas de seda, incandescencias, amantes de pura miel.

Indice